KB078631

The Record of

재중
귀환록

FUSION FANTASTIC STORY
푸른 하늘 장편 소설

재중 귀환록 12

푸른 하늘 장편 소설

초판 1쇄 찍은 날 § 2015년 1월 27일
초판 1쇄 펴낸 날 § 2015년 2월 3일

지은이 § 푸른 하늘
펴낸이 § 서경석

편집부장 § 권태완
편집책임 § 박가연

펴낸곳 § 도서출판 청어람
등록번호 § 제387-1999-000006호
등록일자 § 1999. 5. 31
어람번호 § 제1-2041호

주소 § 경기도 부천시 원미구 부일로 483번길 40 서경B/D 3F (우) 420-822
전화 § 032-656-4452 팩스 § 032-656-4453
http://www.chungeoram.com
E-mail § chungeorambook@daum.net

ISBN 979-11-04-90090-7 04810
ISBN 979-11-5681-939-4 (세트)

The Record of

Dragon's

Return

재중
귀환록

12

사랑이란

푸른 하늘 장편 소설

FUSION FANTASTIC STORY

도서출판
청어람

CONTENTS

Chapter 01
튀어나온 송곳

재중귀환록

단 한 골이었다.

하지만 잔디 위에서 뛰고 있는 선수들은 본능적으로 느꼈다.

이건 한 골이 아니라고 말이다.

그리고 그런 느낌을 받은 것은 선수들뿐만이 아니었다.

불과 몇 분 만에 나온 골이지만, 전율과 함께 이것이 시작이라고 본능적으로 느낀 것이다.

"후후훗, 그래야지. 그래야 내가 인정한 괴물이지."

모두가 경악이 가득한 표정으로 자신의 진영으로 돌아가

는 재중을 보고 있었다.

하지만 단 한 명, 실바만은 입가에 미소를 그리기 시작했다.

애초에 재중의 능력을 잘 알고 있는 그였다.

충분히 골로 연결될 것을 예상하고 있었기에 공을 주었다.

다만 이 정도로 화려하게 신고식을 할 줄은 몰랐다.

"어떠냐?"

실바가 옆에 같이 주전으로 뛰고 있는 키키에게 한마디 건넸다.

그러자 키키의 표정이 굳어졌다가 곧 실바와 같이 입가에 미소를 지었다.

"괴물이군."

키키의 말에 실바는 당연하다는 듯 고개를 끄덕였다.

"당연하지. 내가 지금까지 누굴 인정하는 걸 본 적 있냐?"

"없지."

"저 정도면 인정할 만하지?"

"후후훗, 실바 너, 정말 괴물을 데려왔구나?"

키키는 예전 갑자기 실력이 올라간 실바를 보면서 다시는 저런 선수를 볼 수 없을 것이라고 생각했다.

드리블을 하면서 강한 회전과 중심, 그리고 파워까지 정확하게 맞아야 성공하는 UFO슛을 쏘는 실바였으니 말이다.

하지만 키키는 보고야 말았다.

실바를 능가하는 괴물을 말이다.

레알 마드리드 주전 열한 명을 상대로 드리블 돌파를 하는 것부터가 사실 미친 짓이다.

세계에서 둘째가라면 서러워하는 천재들이 모여 있는 레알 마드리드가 아닌가?

사실 실바도 재중처럼 레알 마드리드 주전 열한 명을 상대로 하프라인에서 혼자 모두 제치고 골을 넣으라고 한다면 할 수는 있다.

물론 할 수 있다는 것뿐이다.

결코 재중처럼 호흡 한 번 흐트러지지 않은 채로는 불가능했다.

지금 필드 위에 있는 선수들만이 아니라 경기장에 모여 있는 관중들까지 재중의 한 골에 모두 넋을 놓아버리고 있었다.

그것은 바로 재중의 드리블 때문이었다.

마치 어린애가 공을 툭툭 차면서 몰고 가는 듯했다.

그런 빠르지도, 그렇다고 느리지도 않는 드리블로 모두

를 제쳤으니 말이다.

하지만 축구는 열한 명이 하는 경기다.

그건 레알 마드리드 선수들도, 상대편인 천산FC 선수들도 똑같은 생각일 것이다.

축구 천재가 경기의 흐름을 바꿀 수는 있다.

하지만 경기를 지배하지는 못했다.

이게 축구를 아는 사람들의 지론이다.

특히나 실바와 키키의 눈에는 천산FC 선수들의 행동과 분위기가 보였다.

겉도는 분위기, 거기다 마주치지 않는 눈빛들을 보면 드는 생각은 하나다.

누가 봐도 알 수 있을 정도로 재중은 완전히 왕따나 마찬가지였다.

방금 골을 넣었지만 그 누구도 재중을 보고 웃고 있지 않으니 말이다.

"낙하산은 어딜 가나 똑같은 모양이군."

키키가 빠르게 분위기 파악을 하고 한마디 했다.

"뭐 그렇게 됐지. 감독님이 억지로 끌고 왔으니까 말이야."

사실 실바도 재중이 경기장에서 천산 FC의 선수들과 융화되리라고는 전혀 생각지 않았다.

지금 키키가 보는 대로 재중 혼자 겉도는 것은 어찌 보면 당연했다.

물론 재중은 그러거나 말거나 평온한 표정 그대로지만 말이다.

이번 레알 마드리드와 친선경기가 이뤄진 것 자체가 재중 때문이었다.

그것은 천산FC 선수들도 이미 알고 있었다.

그럼에도 불구하고 그들로서는 자연히 질투나 부러움이 일 수밖에 없었다.

무엇보다 그들이 지금까지 축구를 하며 살아온 경험이 있기에 재중을 싫어하는 것은 어쩔 수가 없었다.

아무리 실력이 최우선이라고 하지만, 아마추어로 축구하는 사람이 자신보다 잘하는 것을 인정하는 것이 그리 쉽지는 않았으니 말이다.

삐익~!!

주심이 경기를 다시 시작하라는 신호를 보냈다.

방금 전 골을 먹은 레알 마드리드 골키퍼가 바로 공을 찼다.

그리고 그 공은 정확하게 키키의 발끝을 스치듯 지나며 움직였고, 그렇게 움직인 공은 멈추지도 않고 살아 있는 듯이 순식간에 반대편으로 넘어와 있었다.

앗~! 하는 순간에 천산FC 골문 앞까지 와버린 것이다.

"와! 역시 레알 마드리드다!"

"패스로 저게 가능하다니……!"

수비를 어떻게 해야 할지 판단이 서기도 전에 이미 공은 천산FC 골문까지 왔다.

그리고 그 순간 실바의 발끝에서 공이 떠올랐다.

휘리리리릭!!

철렁!

실바의 발끝에서 재중이 했던 것과 같은 드리블 UFO슛이 터졌다.

살아 있는 듯 허공에 떠오른 공이 급격하게 휘어지는 게 도저히 골키퍼가 판단할 수도 없는 움직이었다.

그리고 당연하다 싶을 정도로 공은 이미 골대 안에 들어가 버렸다.

"헐! 역시 실바……."

"오늘 눈이 호강하네, 호강해!"

마치 재중의 드리블 UFO슛에 보답이라도 하듯 실바의 UFO슛이 터지자 관중들은 난리가 나버렸다.

홈팀이 골을 먹었는데 어째서인지 관중들은 더욱 열광했다.

친선경기다.

그것도 국가를 대표하는 자리도 아니었다.

순수하게 축구를 즐기는 분위기였기에 가능한 모습이었다.

그리고 이 정도로 볼거리가 화려하다면 승패를 떠나 환호할 만하기도 했다.

"응?"

"왜 저러지?"

그런데 골을 먹은 천산FC에서 공격을 하기 시작하자 관중들이 고개를 갸웃거리기 시작했다.

빠르게 움직이는 경기장과 달리 경기를 지켜보고 있는 관중들의 표정에는 의문이 가득했다.

"왜 선우재중 선수에게 패스를 하지 않는 거야?"

"그러게?"

"어라? 굳이 수비가 있는 선수한테 공을 돌리기까지 하네?"

그렇다.

관중들은 그저 즐겁게 골이 터지는 경기를 보고 싶어 했다.

그리고 재중은 골을 터뜨리면서 이미 관중들의 시선을 사로잡은 상태이다.

그런데 천산FC 선수들은 누가 봐도 의도적으로 재중에

게 패스를 하지 않고 있었다.

간단하게 표현하자면 마치 재중을 없는 사람 취급하고 있는 모습으로 보이기까지 했다.

하지만 이미 재중은 한 골을 넣음으로써 관중뿐만이 아니라 방송을 보는 시청자들의 시선까지 사로잡고 있었다.

그러니 재중에게 패스를 하지 않는 천산FC 선수들의 행동은 바로 눈에 띌 수밖에 없었다.

"앗! 뺏겼다!"

그리고 그렇게 재중을 무시하면서 공을 몰고 갔지만 역시 실력의 차이는 명백했다.

천산FC 선수들은 패널티 라인도 가지 못하고 공을 빼앗겨 버렸으니 말이다.

"당한다!!"

그리고 관중들의 입에서 역공을 당한다는 외침이 터지는 순간,

뻥!!

돌연 키키의 발끝에서 공이 높이 떠올랐다.

그리고 순식간에 빠른 돌파로 모두를 따돌린 실바가 그 패스를 받았다.

"헐!! 저걸 받아?"

"공이 먼저 떴는데……! 괴물이다!"

100미터를 드리블을 하면서 10초 대 초반에 주파하는 실바다.

공이 먼저 떴지만 정말 한 끗 차이로 오프사이드도 피하고 수비수도 모두 따돌려 버렸다.

뻥~!

철렁~!

그리고 실바의 발끝에서 두 번째 골이 터졌다.

"젠장!!"

"왜 저런 플레이를 하는 거야!!"

첫 골과 달리 두 번째 골에서는 관중들의 비난이 쏟아지기 시작했다.

레알 마드리드가 아닌 천산FC를 향해서였다.

재중에게 패스하면 골이 터진다는 것을 관중들은 알고 있었다.

첫 번째 골에서 이미 강한 믿음이 생긴 상태이다.

그런데 같이 뛰어야 하는 천산FC 선수들은 일부러 재중을 무시했다.

그리고 그 결과 역공을 당해 또 한 골을 먹었다.

언뜻 보기에는 첫 골과 두 번째 골이 비슷해 보일 수도 있다.

하지만 실제로는 완전히 달랐다.

"선우재중을 시기하는구만."

"속 좁은 놈들."

"이러니 국내 리그가 발전이 없지. 젠장!"

재중의 존재감 때문에 천산FC 선수들 측에서 의도적으로 재중을 무시한 것을 다 알고 있는 관중들이었다.

그런 관중들에게 두 번째 골을 먹은 것은 명백히 실수로 보일 수밖에 없었다.

그것도 가장 보기 싫은 이기적인 고집이 만들어낸 실수 말이다.

그런데 정작 왕따를 당하고 있는 재중은 편안한 표정으로 경기장 하프라인에 서서 천천히 움직이고 있었다.

"재중, 억울하지도 않아?"

재중을 무시하는 천산FC 선수들의 행동을 눈으로 직접 본 실바다.

실바가 슬쩍 장난치듯 물어보자 뜻밖에도 재중은 빙긋 웃었다.

"나야 고맙지."

"잉?"

"어차피 억지로 끌려 나온 거, 이렇게 있다 보면 교체될 거 아냐."

"헐!"

실바는 재중의 말을 듣는 순간 다리가 휘청거릴 뻔했다.

방금 그 말을 루이스 펠라리네 감독이 들었다면 아마 노발대발하며 난리를 쳤을 것이 분명했으니 말이다.

어쨌든 억지로 경기장에 끌고 나왔더니 여전히 무관심한 재중이다.

그 일관성 있는 모습에 실바도 결국 피식 웃어버렸다.

정말 관심이 없다는 것을 피부로 느낄 만큼 재중의 반응은 충격적이었다.

삐익~!!

그런데 그때 갑자기 주심이 휘슬을 불었다.

"⋯⋯?"

"⋯⋯?"

경기 시작하고 불과 10분 지났을 뿐인데 갑자기 휘슬을 분 것이다.

그에 재중과 실바뿐만이 아니라 다른 레알 마드리드 선수들과 천산FC 선수들도 걸음을 멈췄다.

재중이 무슨 일인가 싶어 눈을 돌리자 분주하게 움직이는 감독이 보였다.

그리고 서로 적인 루이스 펠라리네 감독과 천산FC 감독이 서로 이야기를 나누는 장면이 보였다,

그런데 그 모습을 보던 재중이 갑자기 못마땅하다는 듯

인상을 찡그렸다.

"왜 그래?"

실바는 재중의 미간이 찡그려지자 궁금해서 물었다.

"실바."

"응?"

"친선경기는 열 명의 선수를 동시에 교체하는 것도 가능하냐?"

"응?"

뜬금없는 재중의 질문에 실바는 반사적으로 고개를 끄덕였다.

어차피 친선경기이다.

국제경기 룰을 따르긴 하지만 선수 교체에는 제한이 없었다.

때문에 열 명이든 열한 명이든 교체하는 것이 가능하긴 했다.

다만 선수 등록을 미리 해놓아야 한다는 조건이 있다.

어쨌든 실제 국제경기와 달리 등록만 하면 되기에 열 명을 바꾸어도 별문제가 없었다.

그런데 재중의 말을 들은 실바는 뒤늦게 놀란 표정을 지었다.

"설마?"

재중이 한 말의 의미를 조금 생각해 보니 한 가지 떠오르는 게 있었다.

지금 천산FC에서 재중을 제외한 열 명의 선수를 전원 교체한다는 말이었으니 말이다.

그리고 실바의 그런 놀람이 끝나기도 전에 사건은 벌어졌다.

재중의 말대로 재중을 한 사람을 제외한 경기장에 있던 나머지 열 명의 선수 전원이 경기장 밖으로 나가는 초유의 사태가 일어난 것이다.

"헐, 이게 무슨 일이야?"

"열 명이나 교체?"

"그것도 전원 2군으로?"

마치 이렇게 될 것을 미리 알고 있었다는 듯 워밍업까지 끝낸 천산FC의 2군들이었다.

그들이 들어오면서 본래 1군이 있던 자리를 모두 차지하자 관중들도 웅성거리기 시작했다.

장내 방송을 통해 친선경기이기에 여러 경험을 위해서 하는 교체라고 안내가 되었다.

하지만 관중도, 지금 필드에 있는 선수들도, 그리고 교체되어 들어간 1군도 모두 알고 있었다.

어째서 열 명이나 교체되었는지 말이다.

　　　　　*　　　*　　　*

"또 한 방 먹었군."

재중은 자신을 보면서 입가에 미소를 짓고 있는 루이스 펠라리네 감독을 보고서야 알 수 있었다.

애초에 이렇게 2군으로 교체하려고 했다는 것을 말이다.

그리고 그건 재중이 짐작한 대로이기도 했다.

물론 후반쯤에 교체할 거라 생각하던 원래 계획과는 완전히 달라졌지만 말이다.

오로지 재중을 위한 축구 경기인 셈이다.

처음부터 루이스 펠라리네 감독은 재중을 경기장에만 세운다면 그때부터는 자기 뜻대로 다 될 거라고 생각하고 있었다.

그는 재중의 생각이 어떻든 간에 충분히 자신의 계획대로 이끌어 나갈 자신이 있었다.

이미 축구협회와도 이야기가 끝났고, 구단 감독과 구단주인 천 회장과도 이야기가 끝난 상태였다.

오직 재중만 몰랐던 것이다.

상황을 모두 파악한 재중은 한편으로는 쓸쓸하기도 했다.

자신이 싫다는 것을 왜 저렇게 고집을 부리는지 말이다.

평범한 사람이라면 아마 이 정도까지 판을 벌이고 정성을 들이는 루이스 펠라리네 감독에게 감동을 먹어서 축구를 할지도 모르겠지만 재중은 그런 범주를 벗어난 존재였다.

"쓸데없는 짓이지."

그리고 그런 정성에도 재중은 자조적인 표정으로 조용히 한마디 할 수밖에 없었다.

세상 그 누구도 자신을 강제할 수 없었다.

세상 그 어떤 존재도 자신에게 명령을 내릴 수 없었다.

그 누구도 말이다.

그건 루이스 펠라리네 감독도 마찬가지였다.

인간이 드래곤에게 고집을 부려봐야 결국 이길 수 없는 싸움일 뿐이었다.

거기다 꼭 재중이 드래곤의 성격을 가지면서 이렇게 된 것은 아니다.

굳이 드래곤이 되지 않았다 할지라도 애초부터 재중은 자신이 싫은 것을 누가 강제한다고 해서 할 성격이 아니었다.

하지만 이 정도로 정성을 보이니 어느 정도는 성의를 보여주기로 했다.

"뭐, 오늘만 장단에 맞춰볼까."

천천히 어슬렁거리면서 하프라인에서 거의 움직이지 않던 재중이 움직이기 시작하자 관중이 웅성거리기 시작했다.

교체가 완료되자 돌연 천산FC 쪽으로 발걸음을 돌린 것이다.

그러더니 완장을 차고 있는 2군 선수에게 다가가서 조용하게 몇 마디 하기 시작했다.

"응? 저 녀석이 또 무슨 꿍꿍이지?"

재중이 뛸 수밖에 없는 경기를 만들어놓고 흐뭇하게 그를 지켜보던 루이스 펠라리네 감독이었다.

그런데 갑자기 재중이 천산FC 쪽으로 걸음을 옮기자 루이스 펠라리네 감독이 왜 저러냐는 표정을 짓기 시작했다.

동시에 이상한 느낌도 들었다.

뭔가 자신이 생각하지 못한 엉뚱한 짓을 벌일 것 같다는 그런 느낌이 말이다.

살다 보면 불길한 느낌이 이상하게 잘 맞는 것이 세상이었다.

그리고 당연히 이번에도 그런 루이스 펠라리네 감독의 예상이 맞은 듯했다.

스트라이커로 있던 재중이 돌연 중앙으로 들어오고 다른

선수를 최전방으로 옮겨 버린 것이다.

바뀐 재중의 포지션은 뜻밖에도 미드필더였다.

미드필더는 축구에서 사령탑과 같은 존재로, 필드 안의 감독이라는 포지션이기도 했다.

실제 경기에도 포지션 변경이 흔하긴 했다.

하지만 지금 이렇게까지 주변이 웅성거리는 것은 지금 재중이 서 있던 스트라이커와 미드필더의 역할 때문이다.

"뭐야?"

"왜 중앙으로 들어오는 거지?"

"저기면 미드필더잖아?"

관중들도 갑자기 재중이 미드필더 자리로 들어가자 웅성거리기 시작했다.

워낙에 스트라이커로서의 첫인상이 강했기에 돌연 미드필더로 돌아선 재중의 모습에 황당한 것이다.

루이스 펠라리네 감독도 재중의 엉뚱한 행동에 당황한 듯 잠시 재중을 쳐다보더니 이내 중얼거렸다.

"크크큭, 녀석, 나에게 뭔가 보여주겠다는 건가?"

멀티 포지션이 요즘 축구의 핵심이라고 한다.

하지만 아무리 그래도 스트라이커와 미드필더는 완전 극과 극이다.

스트라이커는 앞에서 골을 넣는 기사(나이트:Knight)에 비유할 수 있다.

반면에 미드필더는 말 그대로 경기장의 감독에 해당한다.

즉 미드필더와 스트라이커는 능력 차이가 극명하게 나눠지는 포지션이다.

아무리 멀티 포지션이라도 미드필더와 스트라이커의 능력을 함께 갖추는 건 거의 불가능에 가까운 일이다.

그런데 지금 재중이 그걸 하려고 하니 다들 의아해할 수밖에 없었다.

1군과 달리 2군은 이미 재중의 첫 골에 완전 매료되어 있었다.

그래서 재중의 엉뚱한 말이 통했기에 가능한 포지션 변경이었다.

하지만 누가 봐도 이건 미친 짓에 가까웠다.

그러나 경기가 시작되고 천산FC가 움직이자 관중들은 입을 다물 수가 없었다.

"저게 가능해?"

"우리나라 국가대표보다 잘하잖아?"

"선우재중이라는 선수가 지시하는 대로 움직이니까 다 뚫려!"

"허얼! 저 선우재중 선수는 하늘 위에서 경기장을 내려다

보고 있는 건가?'

재중의 간단한 수신호, '뛰어라'와 '멈춰라'는 신호에 따라서 2군 선수들이 움직이기만 했을 뿐이었다.

그런데 재중의 패스가 발끝에서 떠나는 순간, 관중들은 지금 이 경기가 천산FC와 레알 마드리드의 친선경기가 아니라, 레알 마드리드 선수들끼리 연습 경기를 하는 것 같다는 착각이 들었다.

너무나 매끄럽고 깔끔하게 공이 레알 마드리드 골문까지 움직였으니 말이다.

"아!! 또 실패!!"

"아, 골대라니……!"

물론 골을 넣는 것은 별개의 문제였다.

재중이 사령탑이 되어 골을 골문까지 가져가는 것은 가능했다.

하지만 골을 넣는 것은 재중 대신 스트라이커와 포워드 위치에 있는 선수들 몫이었으니 말이다.

하지만 분위기는 재중이 스트라이커로 있을 때보다 오히려 더 팽팽해졌다.

사령탑이 바뀐 것만으로도 완전히 경기 내용이 달라졌다.

세계적으로 비싼 몸값을 자랑하는 선수들을 상대로 2군

이라도 얼마든지 대응이 가능하다는 것을 재중이 몸소 보여주고 있었다.

축구는 열한 명이 하는 경기다.

아무리 잘한다고 해도 한 명이 열한 명을 상대로 이기는 것은 불가능했다.

하지만 천재 한 명과 천재의 움직임을 받쳐 줄 열 명이 있다면 이야기는 또 달라진다.

그런 정설 따위는 아무렇지 않게 깨버릴 수 있다는 것을 여실히 보여주고 있는 재중이었다.

물론 이렇게 순식간에 경기장을 지배할 수 있었던 것은, 재중이 이미 오라의 색과 강함으로 교체해서 들어온 천산 FC 2군 선수들의 능력을 대충 파악하고 있었기 때문에 가능했지만 말이다.

누구는 발이 빠르고, 누구는 패스가 정교하고, 어떤 선수는 집중력이 좋은지 모두 파악하고 있는데 경기를 지배하지 못한다면 오히려 재중의 능력이 아까웠을 것이다.

하지만 관중들이 보기에는 재중 한 명이 레알 마드리드 열 명을 모두 앞도하고 있는 것으로밖에 보이지 않았다.

삐익!!

전반전 45분, 후반전 45분의 경기가 드디어 끝이 났다.

어차피 승패는 그다지 중요하지 않았지만, 4 대 2라는 스코어로 천산FC가 졌다.

하지만 경기장 안의 분위기는 오히려 레알 마드리드가 진 분위기였다.

그들도 알고 있었다.

자신들이 재중 한 사람에게 졌다는 것을 말이다.

그리고 이건 경기장에 있는 스카우터들과 축구를 본 시청자들에게도 천재 한 명이 얼마나 팀을 바꿀 수 있는지를 증명한 경기였다.

물론 재중만 스포트라이트를 받은 것은 아니었다.

재중과 함께 뛴 2군 중에서 유럽의 스카우터들에게 눈도장을 찍은 선수가 제법 있었다.

실제로 친선경기가 끝나고 천산FC에 있던 2군 선수 중에 몇몇이 유럽행 비행기에 몸을 싣고 꿈을 찾아 떠나기도 했다.

물론 재중만 빼고 말이다.

Chapter 02
휴가의 클래스

"오빠는 정말 고집불통이라니까."

친선 축구경기가 끝난 저녁, 연아는 볼이 잔뜩 부푼 표정으로 재중을 보면서 투덜대고 있었다.

반면 재중은 자신이 좋아하는 자리에 앉아서 느긋하게 커피를 마시고 있었다.

속이 타들어가는 연아의 마음을 아는지 모르는지 태평한 모습이다.

"오빠, 지금 레알 마드리드에서 계속 오빠 오라고 러브콜 보내는데 끝까지 그럴 거야?"

연아는 친선경기에서 보여준 빛나는 재중의 모습이 너무나 아쉬운지 계속 졸라대고 있었다.

그게 벌써 몇 시간째였다.

하지만 재중은 요지부동이었다.

너는 떠들어라, 나는 나의 길을 가련다 하는 모습이다.

"난 축구할 생각 없다."

재중이 나직하게 말하자 연아는 재중의 앞자리에 앉으면서 말했다.

"오빠가 돈이 많은 것은 나도 알아. 사실 그렇게 많은 줄은 몰랐지만… 아무튼 아무리 돈이 많다고 해도 그냥 놀면 그건 백수잖아. 안 그래? 오빠 나이를 생각해 봐. 한량처럼 놀기만 하면 안 되잖아. 그런 남자한테 누가 좋아서 시집오겠어?"

연아는 재중에게 다그치듯 말했다.

하지만 재중은 조용히 커피를 한 모금 마시고는 연아를 쳐다보면서 대답했다.

"싫으면 오지 말라지."

"헐!"

연아는 도대체 재중이 무슨 자신감으로 저렇게 배짱을 부리는지 이해가 가지 않았다.

솔직히 재중을 오빠가 아닌 남자로 보면 대단하긴 하다.

확실히 재중은 잘생긴데다 SY미디어 기획사 대표이며 거기다 돈도 많다.

듣기로는 천산그룹의 천 회장님보다 개인 재산만 보면 더 많다고 했다.

그게 어느 정도 돈이 많은 건지 연아는 상상도 가지 않았다.

거기다 기공술로 인해 싸움도 뛰어나고 뿐만 아니라 죽어가는 사람도 살릴 수 있는 능력이 있는 남자다.

잘생기고, 돈 많고, 거기다 작긴 하지만 탄탄하다고 알려진 SY미디어 기획사의 대표이기도 하니 사실 어디 내놔도 기죽을 스펙이 아니긴 했다.

스펙만 보면 말이다.

하지만 연아가 이렇게 한숨을 내쉬는 것에는 당연히 이유가 있었다.

그것은 연아가 재중의 보이는 스펙과 현재 생활이 완전 다르다는 것을 알고 있는 몇 안 되는 사람이기 때문이다.

SY미디어의 대표?

맞긴 하다.

하지만 한 달에 한 번, 아니, 1년에 몇 번이나 출근하는지 횟수를 다섯 손가락으로 꼽을 정도다.

그만큼 아예 기획사에는 무관심한 대표였다.

연아는 이렇게 무책임한 대표인데 SY미디어에서 재중의 입김이 왜 그렇게 강한지 의구심만 들었다.

실제로 SY미디어를 이끌고 있는 이태형 이사가 재중의 말이라면 아주 껌뻑 죽는 것을 이미 여러 차례 보았지만, 볼 때마다 도대체 무슨 마법을 쓴 것은 아닐지 의심마저 들 정도였으니 말이다.

거기다 연아가 개인적으로 부탁을 해도 최우선적으로 처리해 주는 이태형 이사였다.

만약에 재중이 허수아비 대표라면 절대로 불가능한 일이다.

더구나 잘생겼다.

뭐 그건 연아도 인정했다.

오래 떨어져 살다가 만나서 그런지 객관적으로 재중을 판단할 수 있는 연아였다.

하지만 연아도 이제는 나이가 어느 정도 찼다.

잘생긴 얼굴이 남자의 전부가 아니라는 것쯤은 알고 있었다.

얼굴 뜯어먹고 살 것도 아니고, 얼굴은 살다 보면 결국 거기서 거기다.

진짜 중요한 건 바로 성격이었다.

그리고 지금 연아가 재중에게 가장 불만인 것이 바로 그 성격이었다.

"만사 천하태평에 의욕도 없고, 도대체 남자가 야망이 없어요, 야망이."

연아가 들으라는 듯 큰 소리로 말했다.

씨익~

재중은 그런 연아의 말에 그저 웃을 뿐이었다.

그것도 연아가 보란 듯이 말이다.

"능구렁이."

재중의 이런 행동에 연아는 답답했지만, 어떻게 할 수 있는 방법이 없었다.

본인이 싫다는데 어쩌겠는가?

거기다 여자가 봐도 미인인 천서영과 캐롤라인이 재중 옆에서 계속 맴돌고 있었다.

그런데 그녀들을 거들떠도 보지 않는다.

한때 재중이 게이가 아닐까 의심해 본 적도 있는 연아이다.

저런 미녀들이 대놓고 대시하는 데도 소 닭 쳐다보듯 하니 말이다.

하지만 그렇다고 남자를 좋아하는 것도 아니니 게이도 아닌 것이다.

그러니 정말 재중이 여자에게 관심이 없는 것으로밖에

보이지 않았다.

"그보다 너 요즘도 바쁘니?"

갑자기 집에 일찍 들어오는 연아의 모습이 궁금해서 재중이 묻자.

"응? 뭐 살짝 여유를 갖고 움직이기로 했어."

"여유?"

재중은 하루 24시간도 모자라다고 움직이던 연아가 갑자기 여유 운운하자 고개를 갸웃거렸다.

"서영이도 그렇고 나도 그렇고 한 번 사고를 당하고 나니까 뭐랄까, 바쁘게 사는 것만이 좋은 건 아니라는 생각이 들었거든. 사고 순간 오빠랑 못 해본 것이 너무 많다는 것을 깨닫기도 했고."

"후후훗, 기특한 생각을 했구나."

재중이 어린애 대하듯 칭찬했다.

"핏, 내가 어린앤 줄 아나? 아무튼 오빠는 너무 늙은 영감처럼 말해, 이럴 때 보면."

연아의 핀잔에 재중은 피식 웃었다.

사실 틀린 말이 아니다.

이곳 나이로야 이제 서른네 살이지만, 차원 너머 대륙까지 합치면 이미 100살이 가뿐하게 넘은 상태이다.

거기다 어릴 때부터 길거리 생활로 인해 일찍 철이 든 재중이었다.

연아가 저렇게 느끼는 것도 어쩌면 당연했다.

천 회장이 재중을 대할 때 어려워하는 것도 어쩌면 보이지 않는 연륜의 힘을 느껴서인지도 몰랐다.

"그보다 그럼 시간적 여유가 많겠구나?"

"응? 뭐… 여유라면 어느 정도 있는 편인데, 왜?"

재중은 빈말을 하는 사람이 아니다.

자신에게 시간이 나는지 묻자 연아가 고개를 갸웃거리면서 물었다.

"여행이나 갈까 해서."

"여행?"

"응."

"뜬금없이 여행이라니?"

갑자기 여행이란다.

연아는 재중의 갑작스러운 말에 도대체 무슨 생각을 하고 있는 건지 이해가 가지 않는다는 표정으로 재중을 쳐다보았다.

"팜주메이라 알아?"

"팜주메이라… 팜주메이라……. 어디선가 들어본 것 같은데?"

연아는 재중이 하는 말에 뭔가 생각하려는 듯 고민에 잠졌다.

하지만 딱히 떠오르는 것이 없지 고민에만 빠진 채 말이 없다.

그러자 재중이 살짝 힌트를 주었다.

"두바이."

"…두바이? 팜주… 헐!! 설마!!"

두바이라는 말을 듣자 연아는 그제야 재중이 말한 팜주메이라가 무엇인지 떠올랐다.

전 세계적으로 이슈가 된 이름이어서 연아의 기억에도 충분히 있을 만했다.

팜주메이라는 두바이 정부 소유의 부동산 개발사인 나킬(Nakheel)사(社)가 바다를 매립해 건설한 인공 섬이다.

이 섬은 애초에 두바이 해안에 팜제벨알리(Palm Jebel Ali), 팜데이라(Palm Deira)를 비롯한 세 개의 야자나무 형태 인공 섬을 만들 계획인 팜 아일랜드 프로젝트의 일환으로 건설되었다.

그중 팜주메이라가 가장 작다고 할 것이다.

준공은 2001년 6월 건설이 시작되어 2006년 처음으로 거주 단지가 이양(移讓)되었다.

그리고 팜주메이라는 그 특이한 모양이 이슈가 되었었다.

전체적으로 야자나무 형태로 하나의 굵은 나무줄기와 열일곱 개의 가지로 구성되었으며, 11㎞의 긴 방파제로 이루어진 초승달 형태의 섬으로 둘러싸여 있는 독특한 모양이다.

나무줄기 부분에는 아파트와 상가가 들어섰고, 가지 부분에는 고급 주택과 빌라 등의 거주 단지, 초승달 부분에는 초호화 호텔과 휴양 시설이 들어섰으며, 모노레일이 건설되고 있다.

무엇보다 이 인공 섬 건설에는 모래가 9400㎥, 바위가 700만 톤이 들어갔다.

준설기를 이용하여 10.5m 깊이의 해저 면에 모래를 부어 해수면 위 3m까지 올라가도록 매립하는 방식으로 이루어졌기에 공사비가 엄청나게 들어갔다.

그래서인지 완공된 후 한 채당 무려 한화로 56억 원에 달하는 매우 높은 분양가로 건물들이 판매가 되었다.

하지만 그럼에도 불구하고 세계적인 유명 인사들이 몰려들어 순식간에 매진됨으로써 전 세계적으로 화제가 되기도 했다.

지금은 아예 두바이의 관광 명소로서 유명세를 떨치고 있는 곳이 바로 팜주메이라였다.

"설마⋯ 거길 가자고?"

연아는 재중의 말에 무슨 황당한 소리를 하는지 이해가 가지 않는다는 표정으로 재중을 쳐다보았다.

"응."

"거긴 아무나 못 들어가."

연아도 얼핏 방송에서 본 적이 있다.

접근을 엄격하게 통제하고 있어 관광객들도 팜주메이라 주변을 배로 크게 둘러서 겉모습만 구경할 수 있을 뿐이었다.

만약 함부로 안으로 들어가는 경우 바로 두바이 경찰에 끌려갔다.

그런데 거길 무슨 동네 슈퍼 가듯 말하니 황당한 표정이다.

"알아. 하지만 난 아무나가 아니니까 괜찮아."

"……."

아무리 오빠지만 재중의 저런 터무니없는 자신감을 볼 때마다 왠지 속에서 무언가 알 수 없는 짜증이 치솟는 것은 어쩔 수가 없었다.

"그리고 팜주메이라 안의 빌라 소유주는 들어갈 수 있어."

"…그야 그런데… 설마 오빠……?"

연아는 순간 그제야 재중이 돈이 많다는 것을 기억해 낼

수 있었다.

연아가 혹시나 하는 마음에 재중을 쳐다보았다.

"응, 나도 최근에 알았지만 내 소유로 팜주메이라에 빌라 두 채가 있더라?"

"허얼!"

한 채도 아니고 두 채라고 한다.

한화로 56억 원이지만 실제로 거래되는 가격은 더욱 비싸다고 알려진 팜주메이라 빌라이다.

사려는 사람은 많지만 빌라는 한정되어 있다.

그러다 보니 당연히 알려진 것보다 실제 거래되는 가격은 더욱 비쌀 수밖에 없었다.

세상에 부자는 많았으니 말이다.

하지만 그렇다고 해도 빌라 두 채에 최소 110억 이상의 돈을 쓰는 부자는 많지 않을 것이다.

어디 동네 개 이름도 아니고, 가끔 놀러 가는 별장 같은 빌라에 그런 돈을 쓴다면 바보 취급당할 테니 말이다.

하지만 이상하게 재중의 말을 들은 연아는 고개를 끄덕일 수밖에 없었다.

재중은 그 정도 별장을 사도 끄떡없을 만큼 엄청난 돈을 가지고 있으니 말이다.

그리고 지금 이 순간에도 테라가 돈을 벌어들이고 있었다.

그러다 보니 사실상 재중은 돈에 대해서는 세상 그 누구보다 자유로운 사람이었다.

놀고먹지만 돈 걱정은 하지 않는, 세상의 모든 사람이 원하고 이상으로 꼽는 삶을 사는 사람이 바로 재중이었다.

돈.

그것은 정말 아무리 평범한 사람도 빛나게 만드는 마력을 가지고 있었다.

대륙에 대마법사가 있다면 지구에는 초갑부가 있다.

마법처럼 신비롭진 않지만 그에 버금가는 권력과 힘을 가질 수 있는 돈.

재중은 그것을 가지고 있었다.

물론 재중에게 있어 돈이란 그저 있으면 좋고 없으면 불편한 존재일 뿐이다.

그것 알 리 없는 연아였지만 말이다.

어쨌든 겉으로 봤을 때 재중은 최고의 남자였다.

물론 연아에게는 오빠일 뿐이다.

"알겠어. 뭐, 오빠가 돈이 넘쳐나는 것은 나도 봤으니까."

이미 연아의 사업을 위해 재중이 SY미디어를 통해 움직인 돈만 해도 수십억이다.

카페의 차별화와 동시에 고급화를 내세운 연아의 아이디어를 실현시키려면 당연히 돈이 많이 들 수밖에 없었다.

그에 필요한 자금으로 재중이 수십억을 썼다.

어쩌면 그렇기에 지금 연아가 바로 수긍하는 것일지도 몰랐다.

돈의 힘을 피부로 느끼고 있으니 말이다.

씨익~

다만 저렇게 당연하다는 듯 받아들이는 재중의 미묘한 잘난 척은 조금 짜증 났다.

하지만 그래도 잘난 것은 사실이니 그 정도는 넘어가 줄 수밖에 없었다.

"그럼 언제?"

연아는 투덜거리긴 했지만 재중과 여행 갈 생각에 내심 좋은 것도 사실이었다.

그래서 조금은 들뜬 목소리로 묻자.

"너 시간 나는 대로."

"나?"

"응, 나야 뭐 어차피 날라리 학생이잖아? 안 그래?"

"허얼! 그걸 자기 입으로 말하는 사람은 또 첨보네."

무단으로 강의 빠지는 것을 아무렇지도 않게 생각하는

재중이다.

그 불량한 태도에 한 소리하려고 연아가 입을 열려는 차, 그보다 빠르게 재중이 말했다.

"SY미디어 일로 해외 촬영 따라간다고 하면 교수님들도 그냥 강의 빼줘."

"아주 이용해 먹을 것은 다 이용해 먹는구만."

연아는 재중이 생각 없이 말하는 것 같아서 결국 쓴소리를 했다.

하지만 재중은 오히려 피식 웃으면서 연아의 손을 잡았다.

"사람은 언제 어떻게 될지 아무도 모른다잖아. 그럼 하루라도 더 추억을 쌓는 것이 좋지 않아? 영원히 살 거라는 생각으로 지금을 희생하는 것은 난 바보라고 생각하는데, 넌 어때?"

"그냥… 쉬운 말로 해주면 안 돼?"

"하하하하, 좀 어려웠나? 그냥 젊을 때, 놀 수 있을 때 놀자는 말이야."

"에휴, 오빠를 누가 말려. 그럼 서영이한테도 연락해 놓을게."

연아는 재중이 이미 여행을 하기로 결심한 이상 그 어떤 말도 소용이 없을 것을 알았다.

그래서 일어서면서 한마디 했는데 재중이 연아를 막았다.

"이번에는 너와 나 단둘이서 가는 거야. 남매가 오붓하게 여행한 적이 단 한 번도 없잖아. 어때? 혹시 늙은 노총각 오빠와의 여행이 싫은 거니?"

"…그건 아닌데……."

연아는 순간 재중의 말에 살짝 당황했다.

그러고 보니 재중과 단둘이서 느긋하게 여행을 한 적이 단 한 번도 없었다.

이제 세상에 단둘뿐인 피붙이다.

그런데 여행 한 번 한 적이 없다면 그것도 참 웃긴 일이 아닌가.

거기다 이제 연아의 사업이 본격적으로 시작되면 어쩌면 영원히 그럴 기회가 없을지도 몰랐다.

"알았어."

연아는 재중이 일부러 자신에게 신경 쓰고 있다는 것을 느끼고는 환하게 웃으면서 고개를 끄덕였다.

젊어서 놀 수 있을 때 많이 놀자는 재중의 생각이 딱히 나쁘다고 느끼진 않았으니 말이다.

늙어서 논다는 건 사실 바보 같은 짓이다.

늙고 병든 다음에 어딘가로 여행을 간다는 것은 사실상

큰 모험이나 마찬가지다.

지병이라도 있으면 여행은 그야말로 목숨을 건 모험이니 말이다.

물론 젊어서 놀 만큼 돈을 벌어야 한다는 조건이 필요할 뿐이다.

"하지만 서영이에게 오빠랑 여행 간다고 말한다? 사업 파트너니까."

"맘대로."

재중은 굳이 연아가 무슨 의도로 저런 말을 하는지 알고 있었지만 더 이상 막진 않았다.

연아가 아무리 노력해도 지금의 재중의 마음을 움직이는 것은 불가능했다.

다만 천서영에 대해서는 재중도 약간은 누그러진 듯했다.

그런데 연아와 여행을 하기 위해서는 필수적으로 해야 하는 일이 하나 있었다.

하지만 재중은 그냥 아무렇지 않게 생각했다.

지금 재중은 다음 날 담당교수에게 찾아가 SY미디어를 팔 생각뿐이었다.

일 때문에 며칠 해외에 나간다고 말하고 연아와 여행을 간다는 생각 말이다.

       *   *   *

찰칵!

찰칵찰칵! 찰칵!

"선우재중 씨!! 정말 축구선수로 뛸 생각이 없으십니까?"

"선우재중 씨, 한마디만 해주세요!!"

지금까지 이슈가 되긴 했지만 적당히 넘어갔기에 이번에도 적당히 넘어갈 것으로 생각했던 재중이다.

그런데 현실은 재중이 생각한 것 이상을 넘어 온 나라가 들끓고 있었다.

이미 S대 교문부터 기자 수십 명이 몰려와 있었다.

재중이 나타나자마자 카메라 플래시가 터지면서 난리가 났다.

그나마 재중의 집은 테라가 환상 마법을 걸어놓아 조용했던 거였다.

가족이나 초대받지 않은 자가 들어올 경우 자신도 모르게 방향을 잃어 집을 찾지 못하게 했기에 기자들이 들이닥치지 않았을 뿐이다.

이렇게 되자 오히려 집을 찾지 못한 기자들이 S대에서 죽치고 있기로 한 듯 모두 몰려 버린 결과를 낳고 말았다.

출근은커녕 직원들도 재중의 얼굴 한번 보는 것이 힘들다는 SY미디어보다는 차라리 S대 쪽으로 가는 게 낫다는 판단에서다.

"……."

그리고 그 결과가 바로 지금 재중을 보자마자 벌 떼처럼 몰려드는 기자들이다.

물론 기자들을 본 재중은 나직하게 한숨을 내쉬더니 마나를 최대한 동결시켜 자신의 존재감을 지워 버렸다.

"어?"

"뭐지?"

"어디로 사라진 거야?"

"특종을 놓칠 수야 없지!"

재중이 존재감을 지우는 것과 동시에 테라가 기자들에게 재중에 대한 기억을 흐리게 만드는 마법을 사용했다.

그러자 기자들은 재중을 눈앞에 두고도 찾지 못하는 상황이 벌어졌다.

물론 존재감을 지운 재중을 본 S대 학생도 없었다.

한마디로 투명인간이 된 것이다.

사람들이 길거리에 돌멩이가 있는 것을 모두 알고 있지만 그것을 기억하는 사람도, 신경 쓰는 사람도 없는 것과 같은 원리이다.

분명히 존재하지만 인간의 감각에서 사라진 것이다.

그리고 그렇게 한바탕 소동과 함께 강의실로 들어온 재중은 다시 마나를 활성화하면서 존재감을 회복시켰다.

기자들의 열띤 취재 열기는 재중에게 한 가지 결심을 하게 했다.

바로 재중이 기자들을 보고 여행 기간과 여행 인원의 숫자까지 완전 대폭 수정해서 늘려 버린 것이다.

처음에는 간단하게 연아와 둘이서 잠시 몇 주 정도 쉬다가 돌아올 생각이었다.

한데 지금 기자들의 상태를 보면 연아에게도 기자가 가지 않았을 리가 없었다.

사업을 막 시작하려고 준비 중인 지금 이때 기자들이 따라붙어 귀찮게 하면 정말 골치 아파질 것이 뻔했다.

지금이야 S대 정문뿐이지만, 조만간 천서영부터 SY미디어까지 재중과 관련된 모든 사람을 기자들이 이 잡듯 뒤지고 다닐 것이니 말이다.

뜻하지 않은 상황, 기자들의 반응, 거기다 언론의 갑작스런 집중된 관심 때문에, 재중은 어쩔 수 없이 여행 기간과 인원을 모조리 수정해 버렸다.

결과적으로 해외 도피 같은 휴가 여행이 되어버린 셈이다.

그리고 학교 측에서도 마치 이런 재중의 마음을 알고 있는 듯했다.

재중이 SY미디어 일 때문에 몇 달 해외 출장을 갔다 와야
된다고 하자 별다른 말 없이 바로 승인해 주었다.

본래 몇 달이면 최소 휴학계를 내야 함에도 불구하고 말
이다.

'쩝, 천산그룹의 입김이 닿은 건가?'

지금 학교에서 유독 자신에게만 이렇게 친절하고 무슨
요구를 하든 별말 없이 들어주는 이유를 당연히 모를 리가
없었다.

테라가 재중의 주변 움직임이나 정보에 민감하게 반응하
기 때문에 오히려 재중이 모른다는 것이 더 이상한 일이다.

그런 천산그룹의 입김을 재중은 어색하거나 이상하게 생
각하지 않고 당연하게 받아들였다.

이런 것을 이상하게 생각하는 사람들도 있는데, 결국 그
건 자격지심일 뿐이다.

천산그룹이 괜히 재중의 편의를 위해서 이렇게 영향력을
행사하는 것일까?

절대로 그건 아니었다.

천 회장은 그런 성인군자가 아니었다.

재중에게서 얻어낼 것이 있으니 이렇게 신경 쓰는 것이
다.

그런데 그런 도움을 어색해하면서 거부한다는 것은 바보 같은 짓이다.

지금의 재중을 보면 천산그룹의 도움이 없어도 아무 문제가 없었다.

하지만 천산그룹이 재중의 뒤에 있으면 다른 곳은 몰라도 한국에서만큼은 그 누구보다 편한 생활이 가능한 것도 사실이다.

그럼 즐기면 되는 것이다.

세상에 공짜가 없다는 것은 재중이 누구보다 잘 알고 있다.

주고받는 것이 아니다.

줄 것이 있기에 받을 것도 있는 것이 세상의 법칙이었다.

얼핏 같은 말로 들리지만 뜻은 완전히 다르다.

주고받는다는 것은 누군가 먼저 줘야만 하는 것이다.

하지만 줄 것이 있기에 받는다는 것은 이미 주면서 받는다는 전제하에 주기에 정당한 교환이었다.

"저기 있다!!"

그런데 재중이 용무를 마치고 학교 본관 건물을 나오자 밖에서 대기하고 있던 기자들이 또다시 재중을 보고 몰려들었다.

이 정도면 S대에도 피해가 가지 않는다고 할 수 없을 정도로 기자들의 행동이 상식선을 넘었기에 재중도 한숨지었다.

재중은 결국 다시 존재감을 지웠다.

하지만 이대로 마냥 피할 수는 없는 일이다.

재중도 인터뷰는 할 생각이었다.

다만 멋대로 몰려든 수십 명의 기자를 상대로 마냥 시달릴 생각은 없었다.

'축구 좀 하는 게 이렇게 시끄럽게 난리칠 일이라니, 나 참.'

재중에게 축구란 그저 공을 차는 운동일 뿐이었다.

그렇기에 그동안 조용하던 언론이 친선경기에 뛰었다는 것 하나 때문에 이렇게 난리치는 것이 도무지 이해가 가지 않았다.

태어나서 스포츠라는 것을 즐긴 적이 단 한 번도 없는 재중이다.

하루 한 끼 먹을 양식도 구하기 힘든 길바닥에서 스포츠는 쓸데없는 에너지 낭비였다.

스포츠에 열중하는 생활을 할 만큼 편한 인생도 아니었다.

무엇보다 드래곤의 능력으로 아무리 우월하게 나서봤자 재중은 전혀 즐겁지도 않았다.

"테라."

—네, 마스터.

"적당한 기자 두 명 골라서 내가 있는 곳으로 데리고 와라."

—인터뷰하시게요?

"이대로 마냥 피할 수는 없으니까. 뭣보다 학교에 죽치고 있으면 결국 학교를 시작으로 나한테 피해가 돌아오니 별수 없지."

재중이 인터뷰를 한다고 하자 테라는 조금 의아했다.

하지만 확실히 이대로 재중이 사라지면 오히려 논란만 가속될 게 뻔했다.

괜히 근거 없는 소문만 퍼질 수 있다는 생각에 테라는 수긍했다.

—그럼 제가 잘 골라 갈게요, 마스터.

테라의 대답이 떨어지자마자 재중은 그대로 본관 건물 안으로 다시 들어가는 척하면서 교묘하게 살짝 내려진 그림자 속으로 사라져 버렸다.

Chapter 03
갑질 인터뷰

재중귀환록

"그러니까 선우재중 씨는 축구를 계속할 생각이 없다는 말씀이신가요?"

"네."

재중은 한적한 카페이던 곳, 사람들의 발길이 이제는 더이상 닿지 않는 곳, 무엇보다 주변에 쓸데없는 사람들이 접근할 수 없는 최적의 장소, 즉 자신의 집에서 기자들을 기다렸다.

그리고 테라가 조용히 남녀 기자 두 명을 집에 데리고 왔다.

"우와! 이런 집이······!"

"동화에서나 나올 법한 집이군."

여기자는 재중이 만든 원목으로 된 3층 구조의 집을 보고 감탄했다.

반대로 남기자는 전체적인 분위기를 보고 집을 판단하는 조금 다른 시각을 가지고 있었다.

하지만 그들은 본분이 기자이고 이곳에 온 목적이 무엇인지를 잊지는 않았다.

재중의 집 사진을 몇 장 찍더니 곧장 테라를 따라 집 안으로 들어섰다.

그들은 곧 집 안에서 여유있게 커피를 마시면서 자신들을 기다리는 재중을 만날 수 있었다.

기자들은 당연히 자리에 앉자마자 재중을 향해 질문을 쏟아냈다.

하지만 재중의 대답은 오직 하나였다.

"전 축구를 정식으로 한 적도 없고, 앞으로 할 생각도 없습니다."

"어째서죠? 선우재중 씨가 팀에 있는 것만으로도 레알 마드리드의 주전 선수들을 가지고 놀 정도잖아요."

여기자는 재중의 단호함에 답답함을 느꼈는지 조금은 큰 목소리로 재중에게 물었다.

하지만 재중은 오히려 그런 기자를 상대로 여유있는 표정이다.

그뿐만 아니라 오히려 기자에게 되물었다.

"제가 왜 그들 뜻대로 움직여야 하죠?"

"네?"

"......?"

여기자와 남기자는 순간 재중의 말이 무슨 뜻인지 이해가 가지 않는다는 듯 고개를 갸웃거렸다.

하지만 그들은 기자답게 금방 재중의 말뜻을 눈치채고 표정이 굳어졌다.

그리고 그런 기자들을 향해 재중이 다시 물었다.

"제가 왜 본 적도 없고 만난 적도 없는, 제 인생과 아무 관련 없는 사람들을 위해서 하고 싶지도 않은 일을 해야 하는 건지 묻고 있는 겁니다."

"......"

"......"

기자들은 재중의 말에 당황하다 못해 순간 멘붕이 온 듯했다.

기자를 상대로 저런 돌직구를 던지는 사람은 본 적이 없었으니 말이다.

재중의 말에 결국 기자들은 할 말을 잃었다.

물론 직설적인 만큼 듣기에는 기분 나쁜 말이니 말이다.

하지만 냉정하게 생각해 보면 딱히, 재중의 말이 틀린 것도 아니긴 했다.

현재 상황은 기자인 자신들과 국민이 재중을 강제로 억압하는 것이나 다름없었으니 말이다.

"하지만……."

하지만 재중의 말에 완전 압도당한 여기자와 달리 남기자는 이 바닥 경험이 많은 듯했다.

그는 의외로 빨리 정신을 차리고 입을 열었다.

"재능을 이대로 쓰지 않는다는 것은 너무나 아깝지 않습니까? 들어보니 이번 레알 마드리드와 천산FC 친선경기도 오직 재중 씨를 경기장에 세우겠다는 루이스 펠라리네 레알 마드리드 감독님의 욕심 하나로 성사되었다고 해도 틀린 말이 아니라고 알고 있습니다."

남기자는 의외로 조리있게 친선경기가 성사된 핵심을 정확하게 파악하고 재중에게 말했다.

하지만 그래도 재중은 여전히 여유있는 표정이었다.

"그래서요?"

"네? 그래서… 라니?"

"제가 한번 그들의 의견을 따라줬다고 계속 그들의 말에 따라야 한다는 겁니까?"

"아니… 그런 말이 아니라……."

남기자는 재중을 상대로 쉽지 않을 것을 대충 예상했지만, 이건 상상을 초월하는 강적이었다.

자기 주관이 뚜렷하고 무엇보다 자기 자신에 대해 철저하게 이기주의적인 생각을 가지고 있었으니 말이다.

하지만 그런 재중의 생각이 틀렸다고도 할 수도 없었다.

지금까지 그 누구도 관심을 가지고 있지 않던 선우재중이 아닌가?

아니, 오히려 처음 인터넷에 떠돌던 브라질에서의 레오나르도 실바와 재중이 한 일대일 축구도 조작이니 뭐니 하면서 매도하기에 바쁜 한국 언론이었다.

재중이 모르고 있을 뿐 애초에 그렇게 언론이 매도했기에 그동안 재중에 대해서 그다지 관심이 없었던 것이다.

하지만 어제 있던 레알 마드리드와 천산FC와의 친선경기에서 재중이 보여준 것은 차원이 달랐다.

그동안 조작이니 짜고 하는 것이니 하는 소문을 일시에 뭉개 버리기에 충분했으니 말이다.

아무리 조작이라고 해도 레알 마드리드 주전들이 호구가 아닌 이상 그들을 상대로 그런 능력을 보인다는 것은 불가능했다.

거기다 드리블 UFO슛은 서로 짰다고 해도 할 수 있는 슛이 아니었다.

전 세계에서 레오나르도 실바, 그리고 재중만이 유일하게 할 수 있는 슛이 바로 드리블 UFO슛이다.

여태까지 인터넷에 떠돌던 수많은 악플과 조작이라고 매도하던 사람들이었다.

그런데 재중이 그들의 입을 이번 친선경기 한 번으로 완전히 침묵시켜 버렸다.

그래서 지금 언론이 이 난리를 치는 것이다.

세계에서 재중과 레오나르도 실바 단 두 명만 드리블 UFO슛을 할 수 있다는 것.

그것은 언론과 축구를 좋아하는 사람들의 관심을 끌기에 너무나도 매력적이었으니 말이다.

그런데 정작 재중 본인은 더 이상 축구를 하지 않는다고 한다.

그것도 단호하게 말이다.

거기다 지금 자신들 둘을 불러 인터뷰를 하는 것도 더 이상 귀찮게 하지 말라는 뜻이라고 했다.

그에 기자들은 잠시 몇 분간 멍하니 재중의 얼굴만 쳐다봐야 했다.

"너무하군요. 자기 좋을 대로 하는 것도 정도가 있는 법입니다, 선우재중 씨!"

남기자가 재중의 태도에 결국 짜증이 나는 듯 강하게 한마디 했다.

여기자도 남기자와 마음이 비슷한지 재중을 보는 눈빛이 그다지 호의적이지 않았다.

"제가 너무하다고요?"

하지만 여전히 표정 하나 변하지 않고 평온한 모습의 재중이다.

재중이 나직하게 남기자에게 한마디 하자 그가 외치듯 말했다.

"오만한 것도 정도껏 해야 합니다. 아무리 축구 천재이고 세계에서 알아주는 실력을 가지고 있다고 해도 이건 너무 심하지 않습니까!"

남기자는 재중의 여유있는 표정이 너무나 마음에 들지 않았다.

자신은 기자이다.

그리고 자신이 기사를 어떻게 쓰느냐에 따라 재중을 사회에서 매장시킬 수도 있었다.

아무리 법치국가라고 하지만 기자가 펜을 어떻게 움직이느냐에 따라 사람 하나 매장시키는 것은 일도 아니었다.

물론 재중의 뒤에 천산그룹이 있긴 하지만 그건 그 후의 일이었다.

거기다 지금 녹음기로 인터뷰 내용을 모두 녹음하고 있었다.

자신이 강하게 밀고 나가도 된다고 판단한 남기자가 계속 강하게 밀어붙였다.

그러자 결국 재중이 그런 그를 보면서 나직하게 한마디 했다.

"평범하게 살고 있는 나를 찾아온 건 기자 분들이 아닌가요?"

"그거야 국민이 선우재중 씨에 대해서 모두 알고 싶어 하니 당연히 알 권리를 위해서 저희가 희생하는 겁니다."

남기자는 알 권리를 당당하게 말하면서 재중에게 큰소리쳤다.

그런 남기자의 말에 재중의 입가에 미소가 그려졌다.

씨익~

"알 권리라……. 제가 그 알 권리에 대해 취재하도록 허락한 적이 있습니까? 당신들 기자에게?"

"흥! 기자는 국민의 알 권리를 위해서만 움직입니다!"

기자는 재중의 반박에 얼굴까지 붉히면서 큰소리쳤다.

당연히 그 모습에 재중은 다시 피식 웃었다.

기자라는 족속들 하는 짓거리가 대륙에서 귀족들이 하는 짓거리와 전혀 다를 것이 없었다.

국가를 위해서 강제 징집한 국민들에게 무조건 국가를 위해서 싸우라고 강요하는 대륙의 귀족들.

그리고 국민의 알 권리라는 이상한 논리를 앞세워 개인의 생활에 강제로 끼어들어 무법자처럼 휘젓고 다니는 기자들.

그들의 행동은 너무나도 닮아 있었다.

아마 기자들 전체가 이런 생각을 가지고 있진 않을 것이다.

하지만 어쨌든 지금 재중의 눈앞에 있는 두 사람은 이런 생각을 갖고 재중 앞에 있다.

테라가 무슨 생각으로 이런 정신이 썩어빠진 기자를 데리고 온 것인지는 모르겠다.

재중은 그냥 웃겼다.

기자라는 이유 하나로 생판 처음 보는 녀석이 마치 왕처럼 재중의 모든 것을 파헤치는 것을 정당화하려는 게 말이다.

"그럼 쓰십시오."

"응?"

"......?"

갑자기 재중의 쓰라는 말을 이해를 하지 못한 두 기자가 고개를 갸웃거렸다.

"맘대로 쓰라는 뜻입니다. 당신이 말하는 알 권리를 앞세워서 한 개인의 모든 생활을 강도처럼 휘젓고 다니는 짓을 하라는 뜻입니다."

"허! 그게 무슨 말입니까? 지금 우리 기자들이 강도라는 말입니까? 나 참, 어이가 없군요."

"너무하네요. 기자들을 모두 그런 식으로 매도하다니요!"

그동안 가만히 있던 여기자도 덩달아 화를 내면서 재중에게 큰소리쳤다.

하지만 재중은 오히려 그런 기자들의 말에 고개를 갸웃거리면서 되물었다.

"제가 기자들이라고 말한 적이 있습니까?"

"네에? 방금 알 권리를 앞세운 강도라고 말한 것을 잊으신 겁니까, 선우재중 씨? 정말 당신은 인성이 썩었군요!"

"정말 당신이 이런 사람이라는 것을 국민이 알아야겠네요. 이건 실망도 너무 큰 실망이에요."

남기자와 여기자가 둘이서 서로 주거니 받거니 하는 중에 재중은 인성이 썩은 쓰레기 같은 인간이 되어버렸다.

그 짧은 순간에 말이다.

스르륵.

"어딜 가는 겁니까?!"

덥석!

재중이 말없이 인터뷰 도중에 일어서자 남기자가 소리치면서 재중의 팔을 잡았다.

마치 빚쟁이가 돈 받으러 와서 도망가는 사람을 강제로 잡아채는 듯한 모습이다.

물론 재중은 충분히 남기자의 손길을 피할 수가 있었다.

그런데 왜 굳이 잡혔을까?

스륵.

재중의 고개가 천천히 남기자의 얼굴을 향해 돌아갔다.

그리고 재중의 눈과 남기자의 눈이 서로 마주치는 순간,

"꺼져라."

오싹!

남기자는 순간 재중의 눈동자에 마치 자신의 영혼이 빨려들어 가는 듯했다.

그는 온몸에 털이 곤두서는 것을 느끼고는 황급히 재중에게서 떨어졌다.

"다, 당신, 지금 나에게 이런 짓을 하고도 무사할 줄 알아!!"

재중과 거리가 벌어지자 오싹하던 느낌이 사라졌다.

남기자는 그때서야 자신이 쫄았다는 것에 짜증이 나는지 재중을 향해 삿대질을 하면서 다시 큰소리쳤다.

하지만 재중은 그런 남기자를 향해 말없이 입가에 미소

를 그렸다.

씨익~

그러고는 조용히 발걸음을 돌려서 몇 걸음 걷는다.

잠시 후, 남기자와 여기자의 주변이 급격하게 무너지듯 변하기 시작했다.

그들은 어느새 S대 뒤뜰 벤치에 앉아 있는 자신들을 발견했다.

"……?"

"……?"

남기자와 여기자는 서로를 쳐다보았다.

지금 이게 무슨 일인지 판단이 서지 않아 한참을 서로 바라보고만 있었다.

그러다 남기자는 뒤늦게 정신을 차리고 자신의 목에 걸려 있는 녹음기를 만져 녹음한 것을 리플레이했다.

그러자 재중의 목소리가 흘러나오기 시작했다.

"꿈은 아니군요."

남기자가 나직이 한마디 하자 여기자도 자신의 펜 뚜껑을 네 번 연속으로 눌렀다.

남기자와 같이 재중의 녹음된 목소리가 흘러나온다.

"그러네요. 하지만 정말 오만하네요."

여기자가 다시 인터뷰한 내용을 듣더니 인상을 찌푸리면

서 재중에 대해서 신경질적으로 말했다.

남기자도 같은 심정인 듯 고개를 크게 끄덕였다.

"국민은 알아야 해요! 인성이 바로 서지 못한 사람은 아무리 천재라도 필요가 없다는 것을!"

"맞아요!"

남기자와 여기자 둘이 서로 굳은 눈동자로 서로를 쳐다보더니 일어서서 벤치를 떠났다.

아마 각자 소속된 언론사로 갈 것이 뻔했다.

아무튼 지금 상태를 봐서는 결코 재중에 대해 호의적으로 기사를 쓸 것 같진 않았다.

그런데 그렇게 두 기자가 떠나자 바로 벤치 뒤 나무의 그림자 속에서 재중이 모습을 드러냈다.

마치 처음부터 그곳에 있던 것처럼 자연스럽다.

─마스터, 제가 그냥 처리할까요?

사실 재중의 명령만 떨어졌다면 아마 저 기자 두 명은 인터뷰 도중 테라의 손에 고깃덩어리가 되어 저 먼 바닷속에 잠들었을 것이다.

씨익~

그런데 재중은 그런 테라의 말에도 잠시 조용히 각자 자신의 길로 가는 두 기자를 보았다.

잠시 후, 두 기자를 지켜보던 재중이 미소 짓더니 테라에게 물었다.

"저 둘, 어디 소속이지?"

—하나는 조산일보, 하나는 배일일보예요, 마스터.

씨익~

방금 인터뷰한 기자들의 소속을 들은 재중은 잠시 생각
하더니 다시 물었다.

"한국에 언론사가 그 두 군데만 있는 건 아니지?"

—네? 그야 당연히 다른 곳도 있죠. 요즘은 인터넷 전용
언론사도 있으니까요, 마스터.

"그럼 오늘 당장 그 두 군데 언론사 건물이 무너진다고
해도 문제는 없겠지?"

—네? 그야… 그런데… 설마 마스터……?

테라는 지금 재중이 생각하는 것이 무엇인지 대충 예상
이 되는 듯했다.

테라가 진심이냐는 듯 물끄러미 재중을 쳐다보았다.

"음, 마침 우주에 떠 있던 우주 쓰레기 중에 하나가 떨어
지는 거야. 그리고 그게 하필이면 조산일보와 배일일보 본
사 건물, 그리고 각 지역에 있는 지점에 떨어지는 일이 일
어나면 참 재미있겠지?"

씨익~

말을 끝내고 조용히 입가에 미소를 짓는 재중의 모습에

테라는 직감했다.

재중이 정말 화가 나 있다는 것을 말이다.

다만 이곳은 워낙에 정보통신이 발달된 곳이다.

재중이 직접 나서서 처리하면 여러 가지로 복잡해질 수가 있기에 테라에게 명령을 내린 것이다.

우주에 떠 있는 우주 쓰레기, 즉 폐기된 인공위성 중에 적당한 것을 이용해서 한국 땅에 있는 조산일보 본사를 비롯해 지점 열아홉 개와 배일일보 본사와 지점 열두 개를 동시에 철저히 부숴 버리도록 말이다.

―…….

테라는 재중의 생각을 읽자마자 잠시 고민하며 어떤 식으로 할 것인지 생각해 보았다.

조금 생각해 본 결과 딱히 불가능하진 않았기에 조용히 고개를 끄덕였다.

―그런데 마스터, 언론사 건물 안에 있는 다른 기자들은 어쩌죠?

"간접적이든 직접적이든 권력에 몸담은 순간부터 이미 용서의 여지가 있을까?"

재중이 평온한 듯 말하지만 시리도록 차가운 눈동자였다.

마치 드래곤이 하늘 위에서 인간을 내려다보는 듯한 무

관심하면서도 차가운 눈동자이다.

그런데 테라는 지금 그런 재중의 눈동자가 왠지 싫다는 생각이 들었다.

재중이 스스로 아직 인간이라고 말하고 있는 것과 지금 재중의 행동이 완전 어긋나 있으니 말이다.

그렇기에 굳은 표정으로 재중에게 대들었다.

아주 소심하게 말이다.

—마스터, 저는 용서의 여지가 아니라 억울함을 무시하면 안 된다고 생각해요.

"후훗."

재중은 테라의 말에 가만히 쳐다보더니 조용히 입을 열었다.

"마음대로 해라. 다만 오늘 밤에 모두 무너져야 한다, 테라."

—넷, 마스터!

한마디로 지금부터 밤까지 어떻게든지 테라가 알아서 억울함을 가진 자를 추려내라는 뜻이다.

그리고 재중은 천천히 걸음을 옮겨 그림자 속으로 사라져 버렸다.

그렇게 사라진 재중의 뒷모습을 지켜보던 테라는 한숨이 저절로 나왔다.

―마스터의 정신이 드래곤의 의식과 섞이기 시작한 것 같아.

　분노를 느끼면 너무나 극명하게 냉정해지는 재중의 모습, 그건 드래곤과 너무나 닮아 있었다.

　문제는 그 계기를 만들어준 것이 바로 테라 자신이라는 것이다.

　연아가 죽을지도 모르는 사고를 겪은 것이 결정적으로 재중의 정신과 드래곤의 의식이 섞이기 시작하게 된 이유가 된 것이 뻔했다.

　재중이 이곳에, 아니, 이 차원에 마음을 두고 있는 이유는 오직 하나, 연아 때문이다.

　연아가 없는 세상이라면 재중은 굳이 대륙에서 지구로 넘어올 이유가 없었다.

　한데 문제가 있었다.

　분명히 연아가 재중에게는 지구와 이어진 유일한 끈이기도 하다.

　그러나 반대로 연아에게 무슨 일이 생긴다면 재중의 분노가 쏟아질 곳도 지구라는 것이다.

　거기다 테라는 재중의 진정한 분노가 얼마나 무서운지 너무나 잘 알고 있었다.

　재중은 드래고니안과 싸울 때도 완벽하게 드래곤의 피에

적응하지 않은 상태였었다.

그런데 지금은 완전히 적응한 상태다.

인간의 몸으로 드래곤이 된 것만으로도 이미 신의 인과율에서 벗어난 존재가 된 것이다.

애초에 드래곤이라는 존재 자체는 인과율에서 벗어나 있지 않다.

물론 그 사실을 아는 자는 거의 없다.

드래곤의 마도서인 테라와 드래곤 로드 정도나 알까?

드래곤조차도 나머지는 자신이 지상 최강 종족인 드래곤이라는 것에 만족하고 살고 있었다.

하지만 재중은 인간에서 드래곤이 되었기에 다른 드래곤들과는 달리 신이 정한 운명을 벗어난 존재였다.

그리고 테라는 알고 있었다.

인과율, 운명에서 벗어난 존재가 미쳐 버리면 그 행성 자체가 죽어버린다는 것을 말이다.

한마디로 재중이 미쳐서 날뛰게 되면 지구는 멸망할지도 몰랐다.

아니, 아주 높은 확률로 지구는 멸망의 길을 걸을 것이다.

그리고 그건 지구에서 태어난 재중의 손에서 이뤄질 것이다.

―우선은 지켜봐야겠지. 하지만 정말 위험하다면 도움을 청하는 수밖에.

테라는 조용히 고개를 북동쪽을 향해 잠시 돌렸다가 곧 바로잡았다.

테라가 말하는 그 존재에게 도움을 청하는 순간은 아마 최악의 상황일 것이다.

제발 그런 순간이 오지 않기를 바랄 뿐이다.

―모든 정보를 가져오너라.

테라의 손에서 커다란 농구공만 한 크기의 빛의 덩어리가 튀어나와 하늘로 솟아올랐다.

쫘악!

그리고 빛이 어느 정도 올라갔을까.

테라가 주먹을 쥐자 하늘로 올라가던 녹색의 구체가 산산이 부서졌다.

구체는 수만 개, 아니, 수십만 개라고 해도 될 만큼 아주 고운 가루로 변하더니 사방으로 날아갔다.

마치 테라의 의지를 담은 듯 빠르게 말이다.

Chapter 04
현황 보고

재중귀환록

"대표님, 이건⋯⋯."

이태형 이사는 재중이 갑자기 SY미디어에 나타났음에도 본래 재중이 그렇다 보니 크게 놀라진 않았다.

하지만 재중이 요구한 것을 듣고는 순간 멍하니 재중을 쳐다보기만 했다.

"그러니까⋯ SY미디어 소속 가수들의 스케줄이 없는 날이 언제인지 알고 싶으시다구요?"

그동안 SY미디어 업무에 크게 관심을 가지지 않던 재중이다.

그렇기에 재중의 뜬금없는 요구에 당황한 이태형 이사였다.

지금 재중이 물은 건 본래라면 대표가 당연히 알아야 할 것들이다.

하지만 어찌 된 일인지 SY미디어에서는 재중이 회사 관련 스케줄을 알려고 하는 것을 조금 이상하게 받아들이고 있었다.

"우선 저희 소속 가수는 현재 베인티가 유일하기에 베인티 스케줄만 파악하면 됩니다."

이태형 이사가 느끼기에는 뜬금없긴 하지만 재중은 이곳 대표가 아닌가?

당연히 할 수 있는 요구다.

이태형 이사는 빠르게 폰을 꺼내 일정을 알아보기 시작하더니 곧 대답했다.

"우선 3일 뒤 베인티는 앨범 준비를 위해서 휴식기에 들어갈 계획입니다. 그러니 사실상 3일 뒤부터는 별다른 스케줄이 없다고 생각하셔도 됩니다만, 무슨 일 있습니까?"

이태형 이사의 너무나 궁금하다는 눈동자를 마주한 재중이 피식 웃으면서 대답했다.

"SY미디어 소속 가수, 연습생 포함해 전 직원이 해외로 좀 나가야 할 듯해서요."

"네에?!"

재중의 말에 이태형 이사는 화들짝 놀라며 재중에게서 몇 발걸음 물러났다.

지금 재중이 한 말은 간단하게 SY미디어 전체가 해외로 나간다는 말과 다름없다.

연습생부터 SY미디어 소속 전 직원이 해외로 간다고 한다.

말이 쉽지 이태형 이사도 생각해 본 적이 없는 일이기에 더더욱 놀라는 중이다.

"혹시 지금 언론에서 떠드는 것 때문에 해외로 옮기시려는 겁니까?"

지금 한국은 선우재중이라는 천재 때문에 난리가 난 상황이다.

재중은 한국 축구의 구세주로까지 불리고 있었다.

난리는 한국에서만 벌어진 것이 아니었다.

방송을 타고 퍼진 영상을 본 해외 언론들도 아시아에서 괴물이 탄생했다고 난리가 난 상황이었다.

거기다 레오나르도 실바도 문제였다.

실바가 재중이 자신보다 훨씬 더한 괴물이라고 대놓고 인터뷰를 하고 다닌 것이다.

그래서 지금 재중에 대한 반응이 아주 폭발 직전까지 간

상황이기에 SY미디어도 그에 대응할 만반의 준비를 하고 있었다.

기자들이 언제 들이닥쳐도 이상하지 않는 것이 지금의 분위기였다.

그런데 그런 상황에 갑자기 재중이 나타나 SY미디어 연습생부터 시작해 전 직원이 해외로 나간다고 한 것이다.

당연히 SY미디어가 한국을 떠나 기반을 옮기는 걸로 생각한 이태형 이사였다.

기반이 한국에 모두 있는 그에게 재중의 말은 청천벽력이나 마찬가지였다.

아마 그건 이태형 이사뿐만이 아닐 것이다.

"아니요. 그건 아닙니다."

"네?"

"그동안 저 대신해서 수고들 했고, 제가 신경 쓰지 않아도 SY미디어를 잘 꾸려준 이태형 이사님과 직원들, 그리고 이미 데뷔한 베인티와 더불어 앞으로 데뷔할 연습생들까지 모두에게 자그마한 선물을 하려고 합니다."

"서, 선물이라니… 갑자기 그게 무슨 말씀이십니까?"

도무지 재중이 하려는 말이 뭔지 이해가 가지 않는 이태형 이사가 되물었다.

"그냥 간단하게 해외여행이나 하려구요."

"…해외여행이요? 아, 전 또 해외로 이전하려 하시는 줄……."

이전이 아닌 해외여행이라는 말에 긴장감이 풀린 이태형 이사다.

하지만 안심한 것도 잠시, 이태형 이사는 뭔가 이상하다는 것을 느꼈다.

그는 의아한 마음에 슬그머니 고개를 들어 재중을 쳐다보면서 물었다.

"저기… 방금 해외여행이라고 하셨죠, 대표님?"

"네."

"그런데 저를 비롯해 직원과 베인티, 그리고 연습생까지 모두 데리고요?"

"네. 무슨 문제가 있나요?"

황당하다는 표정을 짓는 이태형 이사와 달리 재중은 무슨 문제가 있느냐는 듯 오히려 평온한 얼굴이다.

"대표님, 저희 기획사가 작다고는 하지만 천산그룹 산하에 있었기에 직원 수가 제법 됩니다."

"그래요? 모두 몇 명이나 되죠?"

아직 SY미디어에 근무하는 직원 숫자도 모르는 재중이었다.

그만큼 관심이 없었으니 어쩌면 당연한 일이다.

한편으론 그걸 당연하게 받아들이는 이태형 이사도 어떤 면에서는 참 대단했다.

"최근에 연습생으로 등록을 마친 화인 양까지 포함, 연습생과 전 직원 다 하면 모두 58명입니다."

"그래요? 뭐 그다지 많은 건 아니네요."

재중은 58명이라는 말에도 별것 아니라는 듯한 말투였다.

이태형 이사는 도대체 재중이 어떤 사고를 가진 사람인지 이해가 가지 않는다는 표정이다.

"저기… 정말로 이 58명 전원을 데리고 해외여행을 가시려는 겁니까?"

너무나 황당한 재중의 말에 확인 차 다시 물어보자 재중은 당연하다는 듯 고개를 끄덕였다.

"그럼 제가 농담하는 걸로 보입니까?"

"아니… 그건 아닌데… 인원이 너무 많지 않을까요?"

우선 비행기 값만 해도 적지 않았다.

58명이면 가는 목적지에 따라 최소 몇백만 원에서 몇천만 원까지 나올 수 있었다.

그리고 사실 어느 기획사 대표가 직원 전원을 데리고 해외여행을 가겠는가?

회사가 완전 올 스톱이 되는데 말이다.

물론 연예기획사라는 특성상 톱니바퀴 돌아가듯 빡빡하게 돌아가는 다른 기업들과는 다소 사정이 달랐다.

이리저리 맞추면 약간의 여유가 있긴 하다.

하지만 소속 연예인과 직원 전원 해외여행이라는 건 여태까지 그 누구도 생각해 본 적이 없는 일이기에 얼떨떨해하는 것이다.

물론 지금 재중의 상황이 이 불가능을 가능하게 만들어 주는 환경을 만들어주긴 했지만, 역시나 상식을 벗어나긴 했다.

"그럼 3일 후부터 한 달 정도 해외에서 머물 계획이니까 전 직원에게 알리세요."

"저, 정말 전 직원입니까? 그것도… 한 달이라니……."

"네."

"돈이… 엄청 들 텐데요?"

해외여행은 이미 비행기를 타는 순간부터 모두 돈이다.

그것도 결코 작지 않은 엄청난 돈이 그냥 사라지는 것이다.

"어차피 회사 경비로 처리할 텐데 문제없지 않나요?"

"그야… 그렇지만……."

이태형 이사는 회사 경비가 바로 재중의 돈이라는 말을 하고 싶었다.

하지만 이상하게 본능이 그걸 막았다.

왠지 그 말을 했다가는 재중이 취소할 것 같다는 느낌이 강하게 들어서 말이다.

"비자가 좀 걸리긴 하는데, 혹시라도 시간 내에 비자가 나오지 않을 것 같으면 이쪽에 문의해 보세요."

그러면서 재중은 테라가 알려준 전화번호와 이름을 적어 줬다.

"누구입니까?"

재중이 건네준 쪽지를 본 이태형 이사는 낯선 이름에 고개를 갸웃거리면서 물었다.

"아랍에미리트 대사 직통 번호이니 그쪽에 문의하면 비자 문제는 큰 문제없을 겁니다."

"…아랍에미리트… 대사요?"

해외여행 가는데 아랍에미리트 대사까지 나온다.

이태형 이사는 스케일이 너무 커져서 또 멍하니 재중만 쳐다볼 수밖에 없었다.

"네. 여행갈 곳이 두바이거든요. 팜주메이라 혹시 아세요?"

"네? 팜메주… 요?"

순간 못 알아듣자 재중은 다시 천천히 말했다.

"팜주메이라. 두바이에서 유명한 야자수 닮은 인공 섬이라면 아시려나?"

"아, 그거요?"

제중이 자세히 설명하자 그제야 이태형 이사는 알아들었다는 듯 고개를 끄덕였다.

"거기 갈 겁니다."

"아, 네. 네? 거길 어떻게……?"

이태형 이사도 팜주메이라에 대해 자세히는 몰랐다.

하지만 빌라가 들어선 인공 섬으로 아무나 함부로 들어갈 수 없는 곳이라는 것쯤은 알고 있었다.

수십억 하는 빌라를 가지고 있지 않으면 들어가는 것 자체가 불가능했으니 말이다.

그래서 순간적으로 자연스럽게 그냥 팜주메이라 주변을 구경하러 가는구나 하고 생각했다.

"그럼 그렇게 알고 각자 준비들 하세요. 비행기 표는 제가 알아서 준비할 테니."

"네? 그런 일은 제가 해도 됩니다, 대표님."

재중이 비행기 표를 구한다고 하니 이태형 이사로서는 마음이 편치 않았다.

대표인 재중이 그런 하찮은 일을 하는 게 뭔가 마음에 걸리는 것이다.

그래서 그러지 말라고 했지만 이미 재중이 한다고 한 이상 말리는 건 불가능했다.

이태형 이사는 결국 재중이 알아서 하라고 하고 말리는 것도 포기해 버렸다.

다만 도대체 재중이 어디로 튈지 모르는 럭비공 같은 괴짜라는 것은 확실하다는 표정이다.

물론 직원들에게는 너무나 좋은 대표라는 것은 확실했기에 불만이 있는 표정은 아니었다.

$$* \qquad * \qquad *$$

재중은 집으로 돌아와 여행 계획이 변경되었다고 연아에게 말했다.

"응? SY미디어 직원들이랑 같이 간다고?"

"응."

바로 직전에 캐롤라인과 서영도 물리치고 단둘이서 여유롭게 여행을 하자고 했던 재중이다.

그런데 갑자기 일정을 바꾸자 연아로서는 이상하지 않을 수 없었다.

연아가 무슨 일이냐는 듯 의문을 담아 재중을 쳐다보았다.

"처음에만 같이 있을 거야. 해외여행 가는 이유로 SY미

디어 해외 촬영 있다고 이야기했는데 나만 나갈 수는 없잖
아? 그리고 지금 언론 상황을 보면 나만 사라지면 내 주변
의 모든 사람이 피해를 입을 것 같으니까, 이왕 이렇게 된
마당에 모두 다 해외로 잠시 떠나 있자는 것뿐이야."

"아, 하긴 그렇지."

연아도 굳이 재중의 말이 아니라도 이미 아침부터 떠들
어대는 언론들 때문에 귀가 아플 정도였다.

오죽하면 TV를 꺼버렸겠는가.

하지만 연아는 의외로 재중이 멋대로 여행 조건을 바꾼
것에 실망하기보다는 입가에 미소를 그리기 시작했다.

"그럼 난 서영이랑 같이 갈래. 어차피 사업 때문에 계속
통화해야 되는데 차라리 옆에 있는 게 난 더 편하니까."

어차피 단둘은 틀어진 일정, 연아는 당초 생각한 대로 천
서영과 동행하겠다고 말했다.

어떻게든지 재중과 천서영을 엮을 생각인 연아다.

그런 연아의 모습에 재중은 작게 웃으면서 맘대로 하라
고 했다.

사고 이후로 천서영에 대해서만큼은 어느 정도 전과 달
리 친근하게 대하긴 하지만, 여전히 누군가의 말이나 행동
에 흔들리기에 재중의 마음은 너무나 단단했다.

　　　　　　*　　　　*　　　　*

　─마스터, 아미파의 일도 있고 해서 잠시 한국을 떠나시
려는 생각이죠?

　조용히 어둠 속에서 작은 불빛 하나에 의지해 커피를 마
시고 있는 재중 앞에 어느새 테라가 나타나 조용히 앉아 있
다.

　마치 선보러 나온 처녀 같은 모습이다.

　"어차피 잠시 한국을 떠나 있어야 해. 아미파의 일은 좀
예상 밖이지만, 지금 언론 상태를 보면 여기에 있는 것이
더 위험할 것 같다. 그리고 두바이에 있으면서 스페인에도
갔다 와야지."

　─중동에 있는 두바이라면 스페인까지 여기보다야 가깝
긴 하지만, SY미디어 전 직원은… 좀 오버 아닐까요?

　테라는 재중이 무리한다기보다 좀 오버한다는 생각에 슬
쩍 물어보았다.

　하지만 오히려 재중은 싱긋 웃었다.

　"이름뿐인 대표 대신 잘 이끌어주어 포상 차원에서 해외
에서 쉬게 해주는 것뿐이야."

　─쩝, 아무튼 뜬금없이 상을 내리는 마스터의 버릇은 여
전하시네요.

재중의 지금 행동이 남들이 보기에는 좀 이상해 보일지
도 모른다.

하지만 테라는 이미 대륙에서부터 재중의 이런 모습을
가끔 봤기에 그다지 이상하진 않았다.

재중을 위해서 묵묵히 잠자리와 식사를 담당하던 노예를
어느 날 갑자기 해방시켜 주고, 적당한 돈과 함께 김씨, 이
씨와 같은 귀족의 성(姓)과 영지는 없지만 남작으로 만들어
준 적도 있다.

그뿐만이 아니다.

재중은 자신과 직접적으로 관련해서 조용하고 부지런히
일해 온 사람들에게 거의 돌발적으로 생각지도 못한 포상
을 내린 적이 몇 번 있었다.

물론 포상을 받은 사람의 인생이 완전 뒤집어지는 엄청
난 포상이었다.

포상의 크기가 다를 뿐 결국 지금 SY미디어에 소속된 전
원을 데리고 한 달 가까이 해외여행을 가는 것도 같은 맥락
이다.

—차라리 직원들에게 집을 사주든가, 아니면 차를 선물
하시지 왜 해외여행이에요?

테라는 대륙에서와 달리 포상의 규모가 조금 작기에 물
어보았다.

"내가 해외로 나가야 하니까 겸사겸사."

—…….

결국 즉흥적으로 포상을 내렸다는 뜻이다.

—하긴 지금까지 마스터께서 뭔가 계획을 가지고 포상을 내린 적은 없었네요, 그러고 보니.

뒤늦게 기억난 테라였다.

재중은 대륙에서도 포상을 내렸었지만, 나중에 알고 보면 마치 하늘에서 운이 떨어지듯 즉흥적이고 돌발적이었다.

자다가 일어나 기분이 좋다고 남작으로 만들어주고, 불쌍하다고 노예 가족을 모두 치료해 주었었다.

하지만 그 행동 모두가 그저 기분 내키는 대로였다는 것을 대륙의 인간들은 전혀 모르고 있었다.

그저 재중의 그런 선행에 대해 마치 신의 사자가 축복을 내리는 것으로 착각하고 있을 뿐이었다.

"그보다 보고해 봐."

재중은 잡담은 이 정도로 끝내자는 듯 나직하게 테라에게 말했다.

—우선 아미파에 대해서 말씀드릴까요?

테라도 장난스럽던 가벼운 목소리를 진지하게 낮추었다.

"응."

―아이린이 전해준 정보와 거리가 있지만 패밀리어를 통해서 제가 알아본 것을 종합하면 한동안 아미파는 그다지 신경 쓰일 짓을 하지 않을 것 같아요, 마스터.

"이유는?"

짧게 재중이 물었다.

―아미파의 장로 중에 하나가 반란을 일으켰거든요.

"반란이라……."

재중은 테라가 말한 반란이라는 말에 대충 무언가 짐작 가는 것이 있는 듯한 표정을 지었다.

그걸 테라가 눈치채지 못할 리가 없었다.

―마스터께서 예상하신 대로 반란을 일으킨 장로는 전에 습격하기 위해 한국으로 사람을 보낸 장로예요.

"기반이 흔들렸단 건가?"

아미파는 무술 단체였다.

아무리 오랜 역사가 깊고 장로라는 자리가 높다고는 하지만, 기본적으로 약육강식의 세계를 그대로 축소해 놓은 곳이기도 했다.

화인을 허수아비로 내세워서 아미파를 움직이던 장로들이 이제 와서 반란을 일으켰다는 것은 의외로 간단한 원리가 숨어 있었다.

"그동안 장로들이 유지하던 힘의 균형이 어긋나기 시작

했다는 뜻이겠지?"

　─네, 정확하게 마스터의 말대로예요. 지금까지 아미파의 장로들은 서로의 세력이 아주 미묘하게 균형을 이루고 있었어요. 그런데 이번 사태로 한쪽이 급격하게 흔들리자 먼저 선수를 치고 나온 거죠.

　"후후훗, 한동안 정신없겠군."

　─네, 아이린의 말로도 그동안 베일에 싸여 있던 아미파에 대한 정보가 갑자기 쏟아져 들어올 만큼 아미파가 심하게 흔들리고 있다고 하니 생각보다 화려하게 날뛰고 있는 것 같아요.

　씨익~

　재중은 테라의 말에 입가에 미소를 지었다.

　아미파에서 반란을 일으킨 장로가 더욱 크게, 그리고 오래 난리 치면 칠수록 재중은 편해진다.

　시작이야 분명 장로 한 사람의 반란일 것이다.

　하지만 과연 그것이 끝일까?

　재중은 아니라고 생각했다.

　이미 오랫동안 균형을 이뤄온 장로들이다.

　과연 그 장로들이 야망이 없어서, 힘이 없어서 그동안 서로 조용히 있었을까?

　그건 절대로 아니었다.

예전에 화인을 다시 납치하기 위해서 온 녀석들만 해도 그랬었다.

도저히 일반인이 상대할 수 없는 무공을 지니고 있는 사람들이 아니던가? 간단하게 초인이라고 부를 정도의 무공을 소유한 이들이었다.

물론 재중에게는 그저 연습용일 뿐이지만 말이다.

아무튼 이제 반란을 일으킨 장로는 자신이 살아남기 위해서 발악을 할 것이다.

물론 처음 발악을 시작한 장로의 반란은 그다지 길지 않을 것이다.

이미 기반이 심하게 흔들려서 발버둥 치는 것이니 말이다.

하지만 오히려 그 반란이 잡히고 나서부터 본격적인 아미파의 혼란이 시작될 것이다.

이미 힘의 균형이 무너진 마당이다.

그리고 언제까지 자신의 야망을 숨기고 있기에는 그동안 장로들이 웅크리고 있던 힘이 너무 컸다.

거기다 테라와 아이린의 정보를 종합하면 장로들이 균등하게 아미파의 모든 일을 처리해 왔다고 했다.

즉 단체에 중심이 되는 머리가 없다는 뜻이다.

"아이린이 좋아하겠군."

재중이 나직하게 말하자 테라가 고개를 끄덕였다.

─아이린도 이번 사태가 심상치 않다는 것을 본능적으로 느끼고 있는 것 같아요.

힘의 균형이란 게 오랫동안 유지되던 것과 달리 무너지는 것은 오히려 순식간이다.

마치 그동안 막고 있던 물이 쏟아져 내리면서 댐이 무너지듯 말이다.

"그럼 아미파는 감시만 해."

─네, 마스터.

"다음은?"

─그럼 다음으로 태평그룹 주식 매입에 관해서인데요, 이건 우선 시간이 제법 걸릴 것 같다고 말씀드릴 수밖에 없어요, 마스터.

"쉽진 않겠지."

부도 난 회사도 아니고 멀쩡히 잘 운영되고 있는 회사이다.

그걸 아무리 재중이 돈이 많다고 해도 강제로 주식을 매입해서 손에 넣는 것이 쉬울 리 없었다.

거기다 현재 재중의 자본은 대부분이 외국 자본이다.

결국 시간과 타이밍 싸움이 될 것은 불 보듯 뻔했다.

─어차피 천천히 움직일 계획이었어요, 마스터. 단기간

에 처리하기에는 태평그룹의 덩치가 작지도 않고 운영에
문제가 있는 것도 아니니까요.

"그럼 론도 랜필드가 남았나?"

좀 복잡하게 얽이긴 했지만, 확실히 지금 재중에게 가장
큰 골칫덩이는 론도 랜필드였다.

그가 태평그룹을 집어삼키기 위해 본격적으로 움직이기
시작했다는 것은 알고 있다.

하지만 다음 대 랜필드 가문의 대를 이을 론도가 직접 움
직였다는 것은 론도 랜필드의 한국행이 주는 의미가 상식
적으로는 쉽게 이해가 가지 않을 만큼 중요하다는 것을 알
려준 셈이다.

"어쩌면… 가문을 물려주기 전에 시험을 치르는 것일지
도."

―네?

갑작스런 재중의 조용한 말투에 테라가 의아한 표정을
지었다.

"닮았어. 대륙에서 귀족들이 가주를 아들에게 물려줄 때
치르는 시험과 말이야."

―가주를 물려주는 시험이면 계승 시험 말씀하시는 거예
요?

"수십 년 전부터 태평그룹에 사람을 심어서 준비를 해온

랜필드 가문이야. 그런데 그런 가문의 유일한 핏줄이 되어
버린 론도 랜필드가 직접 와서 움직인다는 것은 그냥 태평
그룹을 삼키는 것 이상의 의미가 있을 것 같다는 생각이 들
지 않아?"

─음, 마스터의 말을 듣고 보니 그렇기도 하네요. 확실히
아시아에서는 차라리 일본 쪽이나 중국 기업을 먹어치우는
것이 더욱 가문에 이득이 될 테고요. 굳이 한국의 태평그룹
을 선택한 것이 조금 이상하긴 하네요.

힐든 가문에서 나온 장로 때문에 가까이서 패밀리어를
이용한 감시를 하지 못했다.

그러다 보니 론도 랜필드에 대한 정보만 유독 정확도가
떨어져 이렇게 추론하는 경우가 많은 편이다.

"안정적으로 먹어치울 모든 준비가 다 되어 있는 태평그
룹에 론도 랜필드가 대외적으로 나서서 움직인다. 왠지 누
군가에게 보여주기 식 이벤트 같지 않아?"

─마치 다 된 밥에 숟가락만 얹는 듯 말이죠?

씨익~

재중은 테라의 표현에 대답 대신 살짝 웃었다.

─그럼 태평그룹 주식을 좀 공격적으로 사들일까요? 만
약 계승 시험이라면 이걸 망치는 순간 론도 랜필드에게도
적지 않은 피해를 줄 거예요. 그가 지금까지 쌓아온 것이

한 번에 무너지는 것은 힘들지 몰라도 큰 타격을 주면서 흔드는 것은 가능할 테니까요.

대륙에서는 계승 시험에 실패하면 바로 계승권을 박탈당하는 경우도 흔하긴 했다.

그 녀석이 아니라도 다른 아들이 많았으니 말이다.

기본적으로 부인을 세 명 이상 두는 대륙의 귀족들에게 아들 서넛은 기본이었다.

물론 형제들끼리 서로 암투를 벌이는 것도 당연했다.

멍청하게 당하는 사람이 바보가 되는 곳, 그곳이 바로 귀족들의 세계였다.

씨익~

반면, 재중은 테라의 말에 웃으면서 잠시 생각에 잠겼다.

그리고 조용히 입을 열었다.

"우선 지금까지처럼 조용히 태평그룹의 주식을 분산해서 사들여. 존재가 드러나지 않게 말이야."

―그거야 지금도 그렇게 하고 있는 중이에요, 마스터. 하지만 좀 더 공격적으로 가는 게 좋지 않을까요?

자금력이 뒤에서 밀어주는 상황이다.

사실 마음만 먹으면 당장 한 달 내로 태평그룹 주식 20%를 매입하는 것까지도 가능한 테라였다.

지금까지 그저 조용히 일을 천천히 진행했던 건 재중이

굳이 주의를 끌어서 일을 망치지 말라고 명령을 내렸기 때문이었다.

그래서 자신있게 말한 것이다.

하지만 재중은 오히려 고개를 저었다.

"이건 타이밍 싸움이야. 당연히 타이밍 전까지는 론도가 절대로 몰라야 하고."

ㅡ음, 뒤통수를 치실 생각이군요, 마스터.

씨익~

ㅡ알았어요. 그럼 최대한 분산해서 조심스럽게 모을게요, 마스터.

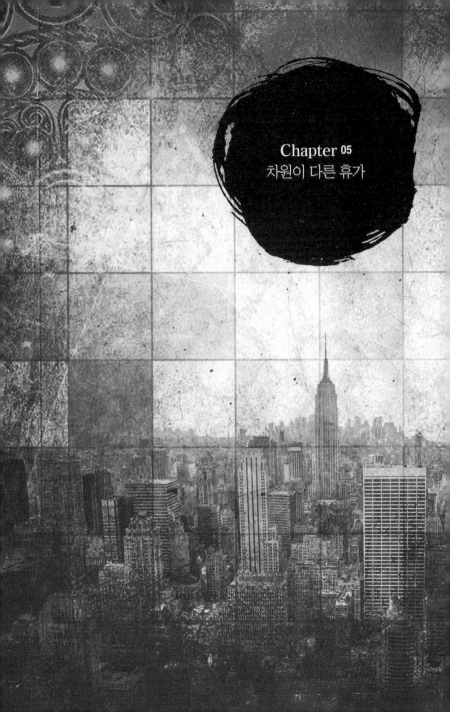

Chapter 05
차원이 다른 휴가

재중귀환록

"더 이상은?"

—음, 이제 좀 사소하지만 마스터의 명령이 있어야 하기에 보고 올릴게요.

"응."

—우선 3일 뒤에 있을 SY미디어 전원 여행에 필요한 비행기 티켓은 어떻게 예약할까요?

"티켓? 음……."

자신이 비행기 티켓을 처리한다고 했지만 사실 테라가 할 일이다.

그런데 곰곰이 생각하던 재중의 입가에 문득 미소가 그려졌다.

한데 평소의 미소와는 너무나도 다른, 마치 장난을 치고 싶어 하는 어린애 같은 미소가 아닌가?

"테라."

―네, 마스터.

"1등석으로 예약해."

―네? 1등석이요? 음, 전원 한 비행기를 타려면 1등석으로는 불가능해요, 마스터.

"왜?"

―1등석은 일반적인 국제선 여객기 기준으로 10~20석 내외예요. 숫자가 모자라요, 마스터.

"그래? 그럼 1등석 다 예약하고 나머지는 비즈니스석으로 예약해."

―네, 마스터.

테라와 재중은 마치 동내 소풍 갈 때 열차표 끊듯 가볍게 말하고 있었다.

하지만 만약 지금 이 이야기를 이태형 이사가 들었다면 입에 거품을 물고 말렸을 것이 뻔했다.

어느 나라를 막론하고 항공사들은 1등석 객실이 회사의 이미지를 좌우한다는 생각으로 1등석을 꾸미는 데 많은 신경을 썼다.

그러다 보니 1등석은 널찍한 좌석, 각종 편의 장치, 그리고 최상의 식재료를 사용하여 만드는 음식 등 모든 것이 호화로웠다.

그에 맞는 특별한 서비스를 제공하는 것은 두말하면 잔소리였다.

다만 이에 걸맞게 항공료도 눈물 나게 비싼 것이 단점이라면 유일한 단점이었다.

한국과 뉴욕 편도 이용 요금이 1인당 1,400만 원 정도로 눈 튀어나올 만큼 비싼 자리였으니 말이다.

특히 좌석 수가 극도로 적은 1등석이 항공기 전체 공간의 40% 정도를 차지할 만큼 사치의 최고봉이었다.

좌석별 화장실은 물론 좌석을 침대처럼 이용할 수 있고 나오는 음식과 서비스의 질 또한 호텔급이라고 해도 고개를 끄덕일 정도였으니 말이다.

―어라? 1등석이 열두 좌석 남아 있는데 모두 예약할까요?

"해."

―네, 그럼 나머지는 다 비즈니스석으로 할게요.

테라는 간단하게 클릭 몇 번 하더니 순식간에 SY미디어 58명 전원에 재중과 연아까지 총 60명의 표를 예약했다.

그리고 표 예약을 모두 하고 난 테라가 재중을 향해 물었
다.

─마스터.

"응?"

─천서영 씨의 표는 어떻게 할까요?

"……."

그러고 보니 천서영과 캐롤라인은 연아와 사업으로 인해
서로 연결된 상태이다.

그나마 캐롤라인은 커피 원두 문제로 수시로 브라질과
한국을 오가는 상태였는데, 때마침 캐롤라인이 브라질로
가고 없었다.

"천서영 씨에게는 1등석에 자리 하나 주면 되니까 비즈
니스석으로 하나 더 끊어라."

─후훗~ 네, 마스터.

테라는 재중이 사고 이후로 천서영을 전과 달리 그다지
밀어내지 않는다는 것을 느끼고는 환하게 미소를 지어 보
였다.

재중 스스로도 그 점에 대해 그다지 크게 느끼고 있지 않
았고, 변화가 미묘하긴 했다.

하지만 재중이 조금씩이라도 천서영에게 너그러워지고
있는 것을 확인했기에 테라로서는 마냥 기분이 좋을 수밖

에 없었다.

어차피 인간의 수명은 정해져 있었다.

천서영이 재중과 결혼한다고 해도 결국 늙어 죽을 것은 뻔했다.

하지만 재중은?

아마 몇천 년은 지금 모습 그대로일 것이다.

아니, 죽는 순간까지도 지금의 모습일지도 모른다.

드래곤에게 외형적인 노화란 존재하지 않으니 말이다.

항상 마나가 가득한 드래곤에게 세포가 노화돼서 생기는 외모적 변화가 생길 이유가 없었다.

마나는 생명의 힘, 그리고 그 마나에게 가장 사랑받는 종족인 드래곤에게 불사는 불가능해도 불노는 가능했다.

테라가 노리는 것은 사실 따로 있었다.

그것은 바로 재중이 천서영을 받아들인다면 자신에게도 충분히 기회가 있다는 것이다.

인간과 달리 테라 자신은 호문클루스, 즉 만들어진 인공 생명체였다.

드래곤이 자신의 가디언으로 만들어낸 것이라 테라는 사실 수명이 없다고 해도 과언이 아니었다.

이미 재중이 태어나기도 전, 드래곤의 마도서가 만들어졌을 때부터 살아온 테라였다.

―후후후훗~ 룰루랄라~

뭐가 그리 좋은지 콧노래까지 부르는 테라였다.

그런 테라의 모습에 재중은 고개를 갸웃거렸지만, 테라의 이 음흉한 속내는 알지 못하는 듯했다.

재중의 가디언인 테라였다.

혹시라도 테라가 재중에게 나쁜 마음을 먹거나 해를 끼칠 생각을 하면 영혼이 울리는 신호가 왔다.

하지만 지금 테라가 생각하는 음흉한 계획은 재중의 성격에서 비롯한 문제일 뿐이다.

오히려 따져 보면 앞으로 긴 세월을 살아가야 하는 재중에게 득이 되는 것이니 영혼이 반응할 리가 없었다.

영혼의 이어짐을 가진 드래곤과 가디언의 사이라도 완벽하지는 않았다.

"그보다, 테라."

―네, 마스터.

"화인이 연습생으로 등록을 마쳤다고 하던데, 어떻게 된 거야?"

화인이 본격적으로 한국에서 지내려면 당연히 신분이 필요했다.

하지만 지금 화인은 한국 국적을 주기에는 한국어를 전혀 하지 못했다.

결국 화인에게는 다른 국적을 줘야 했다.

―아이린을 통해서 중국 국적을 만들었어요, 마스터.

"중국 국적?"

―네. 이름은 그래도 화인이에요. 물론 한자는 다르지만 부르는 것은 같아요.

"그래?"

―네. 중국에서도 고아로 혼자 살다가 최근에 삼합회 싸움에 휘말려 이미 죽은 여자라 문제도 없고 해서 만들었어요. 물론 얼굴은 지금 얼굴로 바꿨구요.

확실히 삼합회가 중국 내에서 발휘하는 힘은 대단했다.

화인의 신분을 뚝딱 만들어내는 것부터 시작해 정부 서버에 들어가 지문과 얼굴까지 현재 재중의 곁에 있는 화인으로 만들어 버렸으니 말이다.

스윽~

재중이 말없이 손을 내밀었다.

그리고 테라는 굳이 말을 하지 않아도 재중의 뜻을 알아들은 듯 아공간에 손을 넣더니 무언가를 꺼냈다.

거기에는 화인의 신분증명서와 신분증, 그리고 여권부터 필요한 모든 준비를 끝마친 서류가 들려 있었다.

거기다 재중이 이태형 이사에게 들었던 것처럼, 센스 있게 화인을 현재 SY미디어 연습생으로 등록해 놓기까지 했다.

그렇게 화인을 연예인이 되기 위해 한국에 체류하는 것으로 만들어 버린 것이다.

완벽했다.

그 누구도 의심하기 힘든 신분이 만들어진 것이다.

이제 아미파에서 뒤늦게 화인을 찾으려고 해도 사실상 불가능했다.

재중이 추적기도 제거해 버렸고, 예전의 화인은 이제 얼굴도 사라져 버렸다.

"여유인가."

테라의 보고를 받고 대충 모든 준비가 끝난 걸 확인 한 재중이 나직이 밤하늘을 바라보면서 중얼거렸다.

한동안 친선축구, 아미파, 론도 랜필드 등 바쁘게 움직였다.

그러다 보니 이처럼 여유롭다고 느낀 것이 언제인지 잊어버린 듯한 느낌이 들었던 것이다.

—마스터, 정말 작은 마스터께서 결혼해서 평안한 가정을 꾸리면 은거에 들어가실 거예요?

"응."

—굳이 그러실 필요는 없잖아요, 마스터.

씨익~

테라는 현재 지금 세상이 너무나 재미있었다.

과학과 경제라는 것을 배우는 것도 재밌고, 그것을 이용하는 것은 더욱 재미있었다.

하지만 테라는 재중의 가디언이다.

재중이 세상을 등지게 되면 당연히 테라도 행동의 폭이 좁아질 수밖에 없었다.

물론 재중이 은거에 들어가는 건 연아가 늙어서 조용히 죽은 다음에나일 것이다.

하지만 영원하다고까지 하는 세월을 살아가는 테라에게 인간의 수명은 극히 짧기만 했다.

그리고 재중도 테라의 심정을 모르는 것도 아니고 말이다.

그렇지만 그렇기에 은거하려는 것이기도 했다.

"내 힘은 위험하니까."

ㅡ마스터……

재중은 정확하게 자신의 힘이 얼마나 위험한지, 그리고 무거운지 잘 알고 있었다.

대륙에서야 힘을 몰라서 마구잡이로 사용하고 시행착오를 겪었다.

하지만 지금의 재중은 이미 그 단계는 예전에 지나 버렸다.

세상에 힘을 사용하는 사람은 그다지 위협적이지 않는다고들 한다.

맞는 말이다.

힘을 사용하는 자는 정작 자신의 힘을 모르고 있으니 말이다.

하지만 재중처럼 자신의 힘을 정확하게 파악하고 절제할 줄 아는 자는 정말 무섭다.

아니, 두렵다고 해야 정확할 것이다.

정말 힘을 발휘하면 어떤 결과가 벌어질지 본인조차 두렵기에 웅크리고 있는 것이니 말이다.

"그리고 지구와 나의 인연은 연아가 살아 있는 동안만이야."

―뭐 마스터께서 원하신다면…….

재중은 입이 오리 주둥이처럼 튀어나온 테라의 표정을 보고서도 일부러 모른 척했다.

너무 해달라는 것을 다 해주면 버릇 나빠진다.

특히 테라 같은 경우 기어오르면 재중도 감당하기 난감할 것이다.

*   *   *

"진짜 가는 건가?"

"이사님 말로는 이미 비자까지 모두 만들었다는데?"

"…우리 대표님, 도대체 어떤 분이길래……."

SY미디어는 지금 직원들이 출근은 했지만 사실상 개점 휴업 상태나 마찬가지였다.

이미 재중이 이태형 이사에게 여행에 대해서 말한 그날 직원들이 모든 스케줄을 정리해 버렸다.

대외적으로는 베인티가 2집을 준비하기 위해 활동을 접는 것으로 되어 있었다.

하지만 실제로는 재중의 갑작스럽게 여행 가자는 명령에 부랴부랴 모든 스케줄을 다 정리한 것이다.

본래 연예기획사라는 것이 바쁠 때는 정신없이 바쁘지만 또 일이 없으면 완전 휴업한 것과 다름없을 만큼 일이 없는 곳이다.

그러다 보니 이런 상황이 된 것이다.

출근은 했지만 그뿐이었다.

컴퓨터로 노는 사람부터 인터넷 검색으로 팜주메이라에 대해서 검색하는 사람, 동영상으로 두바이에 대해서 미리 사전 공부하는 사람까지 한마디로 다들 그냥 놀고 있었다.

다만 그 누구도 그것에 대해서 지적하는 한마디를 하지 않았다.

바로 조금 뒤에 한국을 떠나는 비행기를 타야 하기 때문
이다.

이미 마음이 콩밭에 가 있는 상황에 일하라는 것 자체가
말이 안 된다.

"자자! 모두 모여봐!"

그러던 중 이태형 이사가 재중이 넘겨준 비행기 티켓을
들고 나왔다.

그리고 하나씩 나눠주는데, 티켓을 본 직원들 표정이 이
상했다.

"이사님."

"응?"

"이거 티켓이 이상한 거 아니에요?"

"왜 그러나?"

"이거 비즈니스석 티켓인데요?"

"그러네."

한 직원들이 비즈니스석 티켓이라는 것에 이상하다는 표
정으로 물었다.

하지만 오히려 이태형 이사는 당연하다는 듯 끄덕이며
대답했다.

직원은 더욱 황당해하는 표정이 되었다.

"저기… 이사님, 이거 비즈니스석 티켓이라구요."

"알아."

"헐!"

황당한 직원이 이리저리 다른 직원들을 둘러보았다.

그런데 더 놀랍게도 비즈니스석 표를 받은 것은 자신만이 아니었다.

돌아보자 모두들 들고 있는 티켓이 비즈니스석이였던 것이다.

황당하게도 이곳에 있는 전 직원이 말이다.

심지어 연습생도 비즈니스석이었다.

"크크큭, 뭘 그렇게 놀라? 난 1등석 티켓 받았는데."

"헉!!"

"말도 안 돼!!"

"그게 돈이 얼만데!!"

이태형 이사가 1등석 티켓을 살랑살랑 흔들면서 보여주자 전 직원이 몰려들었다.

평생 가도 한번 볼 수 있을지 모르는 1등석 티켓이다.

그러자 이태형 이사가 그런 직원들을 모두 물러나게 한 다음 잠시 헛기침을 하면서 목소리를 가다듬었다.

그에 직원들이 살짝 기대하기 시작했다.

이태형 이사는 습관적으로 좋은 소식이 있으면 헛기침을 하면서 목소리를 가다듬는 버릇이 있었다.

SY미디어 직원이라면 다 알고 있는 사실이니 당연히 기대심리가 높아질 수밖에 없었다.

"비행기 티켓으로 놀라면 안 되지. 이미 두바이에 우리가 지낼 곳까지 모두 완료된 상태이니 말이야."

"네에?"

"그러고 보니 갑작스런 여행이라 숙박을 어디서 할지 아무도 생각하지 않고 있었네?"

"그러게."

직원들은 스케줄 정리하고 시간 내는 것에 집중한 나머지 여행 가서 지낼 숙소에 대해선 미처 생각지도 않고 있었다.

그런 걸 생각하기에는 일정 자체가 너무 갑자기, 위에서 명령으로 내려온 것이다.

"팜주메이라 안에 있는 빌라에서 묵을 거다."

"헉!!"

"말도 안 돼!!"

"설마 그 50억 넘는 빌라 말하는 거 아니죠?"

"아! 나 조금 전에 봤어. 그 팜주메이라 안에 빌라 한 채 가격이 몇십억 한다고 하더라. 그런데 설마……?"

"거기서 저희가 지낸다구요?"

너무도 놀라서 손에 들고 있던 비행기 티켓까지 떨어뜨

린 직원도 있었다.

하지만 아직 최대 하이라이트가 남아 있다는 것을 직원들은 모르고 있었다.

"마지막으로 인천공항에서 비행기에 타는 순간부터 다시 인천공항으로 돌아오는 순간까지 드는 모든 비용은 회사 경비로 처리한다."

"네? 방금 무슨……?"

"그게 무슨 말이에요?"

이태형 이사의 말을 듣고도 쉽사리 이해하지 못한 직원들이 서로 웅성거리며 소란스러워졌다.

짝!

이태형 이사는 크게 손뼉을 쳐서 모두의 시선을 모은 다음 다시 말했다.

"간단하게 가족들 기념품을 제외한 자고, 먹고, 입고, 놀면서 쓰는 모든 비용을 회사 경비로 쓴다는 말이다."

"……."

"……."

"……."

직원들은 지금 이태형 이사가 하는 말을 머리로 받아들이지 못하는 듯한 표정들이었다.

그럴 수밖에 없는 것이, 회사를 완전 올 스톱시키고 단체로 여행 가는 회사가 어디 있겠는가?

이미 거기서부터 직원들은 이해하는 데 무려 하루가 걸렸다.

그런데 비행기 티켓이 비즈니스석이다.

거기에 이태형 이사는 1등석이다.

1등석이 대충 천만 원 수준이니 엄청난 액수이다.

비즈니스석도 2~300만 원 수준이라 결코 작은 액수가 아니다.

항공료만 해도 재중이 이미 억 단위로 돈을 썼다는 것은 굳이 계산하지 않아도 충분히 나왔다.

그런데 그게 시작에 불과했던 것이다.

직원들의 뇌가 상황을 받아들이는 것을 거부한 듯 한동안 멍하니 이태형 이사만 쳐다보고 있었다.

짝!

"정신들 차려. 뭐 자네들 심정은 나도 충분히 이해한다네. 나도 사무실에서 한 시간 정도 멍해 있었으니까. 하지만 지금 시간을 봐라. 비행기 뜨기까지 남은 시간이 세 시간이다, 세 시간. 이게 무슨 뜻인지는 다들 알고 있겠지?"

번뜩!!

움찔!!

멈칫!!

직원들마다 반응은 조금씩 달랐지만, 이태형 이사가 하는 말이 무슨 뜻인지는 본능적으로 알아차린 듯했다.

"서둘러!!"

"비행기는 무조건 한 시간 전에 가서 기다리는 게 기본이야!"

"여기서 바로 출발해도 두 시간 넘게 걸려!"

무슨 전쟁 터진 시장바닥도 아니고 순식간에 캐리어를 챙겨 들고 움직이느라 정신들이 없다.

그런데 밖으로 나온 직원들 눈앞에 커다란 전세버스가 한 대 서 있다.

"이사님, 이건 뭐죠?"

자신들이 가야 할 길 중간에서 떡하니 막고 서 있는 전세버스다.

오도 가도 못하는 직원들이 이태형 이사에게 물었다.

"뭐긴, 우리가 공항까지 타고 갈 전세버스지. 모두 서둘러 짐 싣고 올라타도록 하게. 서둘러. 이미 시간 아슬아슬하니까"

"네?"

"허얼! 우리 대표님, 스케일이 이거 수준이 너무 다른데?"

직원들은 오늘에서야 느꼈다.

그동안 SY미디어 안에서 공공연히 떠돌던 소문의 진실을 말이다.

빅 핸드, 월가의 괴물이라고 불리는 초 울트라 갑부가 자신들의 대표라는 것을 처음에는 믿을 수가 없었다.

물론 버는 돈은 없는데 쓰는 돈은 끝없이 나오기에 긴가민가하긴 했다.

하지만 이번 여행을 통해서 스케일이 다른 것이 어떤 건지 확실하게 보여주는 재중이었다.

재중의 돈지랄에 직원들은 황당함을 넘어 경외감을 느끼는 중이다.

세상에 돈 많은 사람은 많았다.

사실 전 세계적으로 대부자라고 하는 사람이 몇몇 알려져 있으니 말이다.

하지만 이렇게 가까이서 실감하기는 쉽지 않다.

더구나 그 대부자의 혜택을 받는 입장이 되는 것은 더더욱이나 흔치 않은 일인 것이다

직원들은 다짐했다.

이곳에서 쫓아내기 전까지는 어떻게든 붙어 있을 거라고 말이다.

하지만 놀랄 일은 아직도 남아 있었다.

직원들이 버스에 올라타고 버스가 출발했을 때였다.

이태형 이사가 카드를 꺼내더니 하나씩 직원 전원에게 나눠주기 시작했다.

"이게 무슨 카드입니까, 이사님?"

"한 달 동안 놀면서 사용할 카드네. 체크카드이고 일인당 일만 달러씩 들어 있으니 그렇게들 알고 있어."

"……."

버스 안이 또다시 조용해졌다.

여행 경비를 다 회사에서 책임진다고 하기는 했다.

하지만 말이 그렇지, 실제로는 당연히 법인카드를 가지고 있는 사람이 중심이 될 것은 불 보듯 뻔했다.

그런데 이렇게 개인에게 카드를 하나씩 모두 나눠주면 상황이 완전 달라질 수밖에 없었다.

거기다 일만 달러면 천만 원 정도이다.

많다면 정말 많은 돈이다.

하지만 두바이라는 것을 생각하면 마음만 먹으면 얼마든지 한 달 안에 사용 가능한 돈이기도 했다.

"아, 혹시라도 돈이 모자라면 나에게 오게. 충전해 줄 테니까. 그리고 그 카드는 우리가 인천공항으로 다시 들어오는 날 카드 효력이 정지되니까 그렇게들 알고 있도록."

"잠깐, 효력이 끝난다는 것은……?"

"안 쓰면 손해라는 거네?"

몇몇은 분명히 돈을 아껴 착복할 생각을 하고 있었을 것이다.

그래서 테라는 조금 번거롭긴 하지만 카드 사용만 가능하고 현금 인출은 불가능한 카드를 만들어 버렸다.

거기다 사용 기한도 딱 여행하는 날짜에 맞춰서 말이다.

한마디로 놀러 가서 돈 안 쓰면 바보 되는 것이다.

물론 구매 불가능한 제품도 있었다.

한 번에 500달러 이상 하는 물건은 구매가 제한되고, 혹시라도 잃어버릴 경우 재발급이 불가능하다는 단점이 있기는 했다.

하지만 그 정도는 이미 직원들에게 전혀 문제될 것이 없었다.

"이런 회사, 나 처음 본다."

"그러게."

"실컷 놀라고 돈 주는 회사라니… 나 참, 살다 살다 별일을 다 보네."

정말 말 그대로 회사가 휴가를 보내주는 것이다.

이미 직원들의 기분은 하늘을 날아오르는 중이었다.

그런 가운데 가장 앞쪽에 있던 베인티의 멤버 아라가 슬쩍 이태형 이사에게 물었다.

"대표님은… 저희와 같이 가는 게 아닌가요?"

"응? 아, 대표님은 바로 공항으로 가실 거야. 비행기는 같이 타니 걱정 말거라. 그리고 너희들."

"네?"

"네, 이사님."

이태형 이사와 마찬가지로 1등석 티켓을 받은 베인티 멤버 지민, 아라, 효진, 시니, 이수가 커다란 눈동자로 이태형 이사를 쳐다보았다.

"너희는 대표님과 같은 1등석이니 언행과 몸가짐 조심해라. 알겠지?"

"네."

"걱정 마세요."

"다른 건 몰라도 저희는 대표님이 언제나 좋아요~"

"설마 저희가 대표님 얼굴에 먹칠할까 봐요."

각자 자신있게 대답하는 것과 달리 아라는 조용히 고개만 끄덕였다.

그리고 그런 아라의 모습을 조용히 지켜보던 이태형 이사는 씁쓸한 표정을 살짝 보이다가 지웠다.

뭔가 알고 있다는 듯한 표정이다.

재중이 예약한 1등석은 재중과 연아, 그리고 천서영, 베인티 등 다섯 명 외에는 모두 SY미디어 간부로 채워졌다.

일한 만큼 보상을 해줘야 더욱 열심히 일하는 법이다.

아무리 허수아비 대표지만 남자는 자신을 알아주고 대접해 주는 만큼 열심히 충성한다는 것을 재중은 누구보다 잘 알고 있었다.

화인과 곧 데뷔를 앞두고 있는 유서린은 스스로가 연습생들과 같이 있기를 원해서 비즈니스석으로 했다.

강요는 하지 않는다.

재중은 원하는 대로 해줄 뿐이었다.

반면 항공사도 난리가 난 상태였다.

개인이 1등석을 포함해 좌석을 무려 60개나 예약해 버렸으니 말이다.

몇억을 쓴 고객이기에 신경이 예민한 상태였다.

테라가 일부러 재중의 존재를 부각시키기 위해 재중의 이름으로 예약한 터였다.

항공사는 즉각 재중에 대해서 알아보고는 기절할 뻔했다.

개인으로 보자면 한국에서 가장 돈이 많은 빅 핸드가 예약자라는 것을 알았으니 말이다.

몇억 원 정도는 그냥 자신의 직원들 여행 항공 비용으로 써버리는 배포에 항공사 직원들은 혀를 내둘렀다.

그러다 보니 뜻하지 않게 항공사는 재중의 응대를 위해 비상이 걸렸다.

만반의 준비를 하는 것은 물론 아예 1등석에 재중과 재중의 일행만 전담하는 직원 한 명을 따로 배치했을 정도이다.

재중이 이렇게 일 년에 두세 번만 자신의 항공사를 이용해도 항공사로서는 엄청난 이득을 볼 수 있으니 지극정성을 쏟는 것이다.

물론 정재계 사람들에게 월가의 괴물 빅 핸드인 선우재중이 애용하는 항공사라는 광고 효과를 만들 수 있다는 게 가장 크긴 했다.

재중 본인만 모를 뿐 재중의 움직임을 예의 주시하는 사람이 제법 많았다.

특히나 돈에 민감한 사람들이 말이다.

재중에 대해서는 거의 알려진 것이 없다 보니 사람들이 집중하는 것은 어쩌면 당연했다.

갑자기 혜성처럼 나타나서 월가를 거의 정복하다시피 한 괴물의 존재는 이목을 집중시키기에 충분했다.

Chapter 06
두바이

"아, 대표님……."

버스에서 내려 주위를 두리번거리던 아라는 고성능 레이더 급으로 복잡한 인천공항에서도 귀신같이 재중을 찾아냈다.

하지만 재중 옆에 있는 천서영을 보고는 단숨에 목소리에 힘이 빠져 버린다.

"어머, 얘 봐?"

아라 옆에 있던 지민이 아라를 향해서 묘한 눈빛을 보내며 한마디 했다.

그러자 아라가 힘없이 웃는다.

아라의 얼굴을 본 지민이 놀란 표정을 지었다.

"너… 진짜야?"

연습생 때부터 오랫동안 함께 있었기에 아라의 성격을 잘 아는 지민이다.

그래서 지금 아라의 표정이 진심이라는 것을 바로 느낀 것이다.

"얘가… 너 미쳤어?"

호기심이 아니라 진심이라면 상황이 좀 심각하게 될 것을 바로 짐작한 지민이다.

지민이 서둘러 아라를 붙잡고 단호하게 말했지만 이미 소용없는 짓이었다.

사람 마음이란 것이 어디 마음대로 되는 것이던가.

"언니가 봐도 나 미친 거 같지?"

지민이 지금 왜 저러는지 잘 알고 있기에 아라가 처연한 표정으로 말했다.

"너 소문 못 들었어? 우리 대표님이랑 천산그룹 손녀인 천서영 씨랑 사귀고 있다는 거 말이야. 뭐 일방적으로 천서영 씨가 따라다닌다는 말을 듣긴 했지만, 지금 저 모습을 보면 일방적으로 천서영 씨가 따라다닌다고 보기에는 좀 애매하잖아? 거기다 대표님 동생이랑도 친하고."

"그렇지?"

"바보 같은 계집애. 어쩌자고 대표님을……. 애고, 고생 문 열렸다, 너도."

내성적이고 사람 낯을 가리는 아라다.

하지만 지민은 잘 알고 있었다.

저런 성격이 누군가에게 빠지면 오히려 더 헤어 나오기 어렵다는 것을 말이다.

하지만 재중은 아니라고 생각하는 지민이다.

재중이 솔로라면 오히려 응원했을 것이다.

하지만 이미 재중의 곁에 천서영이 있다는 것을 알 만한 사람은 다 알고 있었다.

지민으로서는 도저히 응원할 수가 없었다.

상대가 너무나 막강했다.

아라는 그저 베인티라는 그룹의 멤버 중 하나일 뿐이다.

하지만 천서영은 천산그룹의 손녀가 아닌가?

이미 기본 태생부터가 완전 다른 사람이다.

거기다 재중은 월가의 괴물 빅 핸드이다.

그러다 보니 같은 여자인 지민이 봐도 아라보다는 천서 영이 재중의 곁에 잘 어울리는 것은 부정할 수가 없었다.

꾸욱.

아라는 조용히 주먹을 움켜쥘 수밖에 없었다.

반면 멀리서 그런 아라의 모습을 본 재중은 아라를 향해 시선을 두었다가 조용히 거둬들였다.

재중의 능력이 능력인지라 아무리 떨어져 있다고 해도 이미 SY미디어 직원들이 공항에 도착하자마자 느낄 수 있었다.

거기다 워낙에 능력이 좋다 보니 지민과 아라의 대화도 우연히 들어버렸다.

하지만 재중으로서는 아라의 마음에 답해줄 의무가 없기에 모른 척했다.

서툰 친절과 동정은 그 어떤 독보다 무섭다는 것을 알고 있는 그다.

그러다 보니 재중으로서는 최선의 선택을 한 것이다.

반면, SY미디어 직원들이 공항에 도착하고부터는 완전 일사천리였다.

항공사에서 직원이 와서 재중을 먼저 찾더니 모든 절차를 친절하게 안내해 주었다.

거기다 1등석에 들어가자마자 전담 스튜어디스가 대기 중이었다.

SY미디어 일행은 마치 호텔에 와 있는 듯한 느낌을 받았다.

다만 완전히 호텔에서 쉬는 기분을 내기는 어려웠다.

이번 기회에 재중에게 업무에 대해 의견도 구하고 프로젝트 설명도 하려고 작정한 듯 이태형 이사와 몇몇 간부가 서류와 노트북을 꺼내놓고 재중을 괴롭히기 시작했으니 말이다.

"이거 빼고는 모두 통과입니다."

그런데 많은 설명을 준비했던 간부들이 무안할 정도로, 재중이 정확하게 성공 확률이 낮은 기획안만 쏙 빼고는 모두 통과시켰다.

그것을 지켜본 이태형 이사를 비롯해 간부들은 살짝 놀란 표정을 지었다.

설마 그걸 가려낼 줄은 몰랐던 것이다.

사실 이 기획안은 재중이 가려내지 못할 경우 그걸 빌미로 어떻게든지 조금이라도 더 업무 교육을 시킬 요량으로 집어넣은 것이다.

하지만 그걸 정확하게 집어내자 핑계거리가 사라져 버렸다.

거기다 분명 출근을 하지 않는 재중인데 의외로 회의를 하다 보니 간부들보다 아는 것이 더 많은 것이 아닌가?

물론 SY미디어 내부 사정 외에 전체적인 흐름에 대해 말이다.

하지만 대체 SY미디어에 출근도 하지 않는 재중이 어디서 정보를 얻는지 간부들로서는 도저히 알 길이 없었다.

　―마스터, 이게 전부예요.

　'알았다. 수고했어.'

　재중의 그림자 속에서 전속 비서가 모든 정보를 알려주며 코치를 해주는 걸 들으며 회의를 했다는 것을 혹시라도 SY미디어 간부들이 안다면 사기라고 소리쳤을지도 몰랐다.

　하지만 그걸 알 리 없는 SY미디어 간부들은 이태형 이사를 비롯해서 모두가 재중을 다시 보게 되었다.

　천재를 달리 천재라고 하는 것이 아니라는 것을 이번 기회에 다시 느끼고 있는 것이다.

　그들은 재중이 왜 월가의 괴물이라고 불리는지 수긍하고 있었다.

　평소의 재중은 알 듯 모를 듯 성격이 특이한 사람이었다.

　하지만 천재 중에 괴짜가 많다고 했던가?

　SY미디어 간부들은 재중이 정말 천재 괴짜라고 생각해 버렸다.

　재중으로서는 테라가 알려준 것을 그대로 말했을 뿐이었다.

　한데 그 말의 내용을 보면 현재 연예계의 시류와 앞으로 가야 할 길, 한류가 어떻게 이어져야 하는지까지 정확한 눈으로 판단하고 결정을 내린 것이 대부분이었다.

특히나 SY미디어에서도 베인티가 2집 활동을 시작하면 이제 한국을 벗어나 아시아로 활동 영역을 넓히고 싶다는 욕심에 중국 진출을 준비하고 있는 상황이었다.

그런데 때마침 재중이 정확한 타이밍에 중국 진출에 대해서 반대한 것이다.

당연히 대표의 의견이니 간부들이 불만스런 표정을 짓긴 했다.

하지만 설명을 들은 간부들은 어쩔 수 없이 수긍할 수밖에 없었다.

베인티라는 그룹 하나만 가지고 진출한다는 것은 많은 자금이 소요되고 그에 대비된 성과가 불투명하다는 이유로 거부한 것이다.

재중의 자본이라면 사실 성공 여부를 걱정할 것도 없긴 했다.

하지만 재중 본인의 돈이었다.

이미 재중이 거부하는 순간 중국 진출 계획은 쓸모가 없어진 것이나 마찬가지였다.

다만 의욕적으로 추진하던 계획이었기에 한 번에 꺾으면 사기가 떨어질 것을 염려한 재중이 조건을 내걸었다.

"베인티가 직접 진출하는 것은 시기상조입니다만, 다른

방법이라면 얼마든지 있죠."

"네?"

"베인티를 예능에 최대한 많이 출연시키세요."

재중의 말에 이태형 이사와 간부들도 고개를 끄덕였다.

생각해 본 적이 없는 것은 아니었으니 말이다.

이미 몇 번 시도한 적도 있었다.

하지만 예능을 통한 우회 진출은 거의 실패한 것이나 마찬가지였기에 자력으로 진출하려는 계획을 세운 것이기도 했다.

"사실… 이미 몇 번 예능에 나간 적이 있긴 합니다만, 그게… 예능은 순발력과 재치가 돋보여야 하는 프로인데… 저희 애들은 아니었습니다."

이미 한창 시청률 20%를 넘기는 뛰어라 이름표라는 프로에 한 번 출연을 했었다.

하지만 도저히 적응하지 못하는 베인티 멤버들이 말하는 것마다 편집, 몸으로 뛰는 것도 거의 편집을 당해 버린 과거가 있었다.

심지어 1시간이 넘는 방영 시간 동안 베인티가 방송에 얼굴을 내민 시간은 겨우 10분도 채 되지 않았던 것이다.

거기다 뛰어라 이름표 PD로부터 더 이상 출연 섭외가 오지도 않는 상황이고 말이다.

몇몇 케이블 프로에도 얼굴을 내밀었지만, 결과는 영 신통치가 않았다.

그러다 보니 결국 이태형 이사는 예능을 거의 포기해 버렸다.

만약 재중의 막강한 자본력이 없었다면 SY미디어는 물론이고 베인티라는 그룹도 쓸쓸히 사람들 기억에서 사라져 버렸을 것이다.

그 정도로 많은 돈과 노력이 들어갔지만, 결과는 망한 거나 마찬가지였으니 말이다.

"…그런가요?"

재중도 그 이야기는 듣긴 했지만, 이태형 이사의 표정과 분위기를 보니 생각보다 심각하게 실패한 듯한 느낌이 들었다.

재중은 잠시 고민하기 시작했다.

지금 흥행하는 아이돌과 베인티의 다른 점이 뭘까? 라는 고민을 말이다.

요즘 걸그룹 아이돌을 보면 누가 누군지 구분하기 힘들 만큼 개성이 없었다.

우스갯소리로 요즘 걸그룹들은 모두 자매가 아닐까? 하는 말이 들릴 정도로 닮아 있었다.

물론 예쁘긴 하다.

하지만 예쁜 걸로만 치면 예쁜 여자는 굳이 TV를 보지 않아도 얼마든지 찾을 수 있는 세상이 아니던가?

베인티도 섹시 어필을 하면서 나름 첫 스타트는 성공을 했지만, 그게 전부인 것이다.

데뷔가 성공한 것의 80%는 신승주의 노래 때문이지, 사실 베인티 스스로의 힘이라고 할 순 없으니 말이다.

그리고 그런 사실을 이태형 이사는 누구보다 잘 알고 있었다.

그렇기에 SY미디어를 실제로 움직이고 지휘하는 위치에 이는 이태형 이사라도 재중에게 만큼은 쩔쩔맬 수밖에 없는 것이다.

천재 작곡가 신승주, 그리고 엄청난 자본력, 연예기획사에서 꼭 필요한 조건을 재중이 모두 가지고 있으니 말이다.

SY미디어 간부라면 누구나 알고 있는 사실이기도 했다.

헐랭이 대표 같지만, 실제로 그 어떤 기획사보다 대표인 재중의 영향력이 무섭도록 강한 기획사가 바로 SY미디어였으니 말이다.

부지런한 천재는 결국 따돌림을 당한다.

왜냐하면 천재를 일반 사람들이 따라갈 수 없기 때문이다.

천재를 쫓지 못하는 데서 느끼는 스트레스로 인해 천재

를 멀리하는 것이다.

하지만 게으른 천재에게는 자연스럽게 사람이 모이는 법이었다.

게으르기에 위에서 필요한 명령만 내릴 뿐, 그 어느 것도 간섭하지 않으니 자연스럽게 사람이 모인다.

지금 SY미디어가 딱 그런 모습이다.

엄청난 자본력으로 갑자기 나타난 희대의 풍운아, 재중이다.

그는 전면에 나서지 않고 뒤에서 끊임없이 돈을 지원해 주면서도 기획안에 대한 최종 결제 중에 옥석을 귀신같이 가려내는 능력을 가지고 있었다.

기획안을 잘못 썼다고 욕먹지도 않았다.

그냥 승인을 하지 않을 뿐이었다.

언뜻 보기에는 과연 그게 좋은 방법일까라는 생각이 들 수도 있다.

하지만 바로 옆에 있던 동료 직원의 기획안이 통과돼서 승진에 유리해지는 걸 지켜본다면 어떻게 될까?

그걸 보고만 있다는 것은 사실 말도 안 되는 일이다.

특히나 자신보다 아래 직원의 기획안이 통과되면 이건 자존심이 걸린 문제가 되어버린다.

애초에 재중이 기획안에 대해서는 직급, 연령, 근무 기간을 무시하고 무조건 재중에게 바로 올리도록 핫라인을 만들어두었기에 가능한 일이긴 했다.

그 효과는 엄청났다.

기상천외한 아이디어가 쏟아져 나왔으니 말이다.

물론 그 아이디어를 모두 분류하고 검토하는 것은 재중이 아니라 테라였다.

어쨌든 최종적으로 재중이 거부하면 결국 쓸모없는 기획안이 되는 셈이니 아예 재중이 관여하지 않는다고 말할 수는 없었다.

"이거 재미있겠네?"

"이건 좋아 보이고."

재중은 그저 자신의 흥미가 끌리는 대로 기획안을 통과시켜 버렸다.

그런데 그게 결과적으로 누가 시키지 않았는데도 일의 능률이 올라가는 효과가 생겨 버렸다.

특히 아이디어가 승패를 좌우할 수도 있는 기획사의 특성 때문에 효과가 빠르게 나타나기 시작한 것이다.

그러다 보니 연예계에는 이런 소문이 공공연히 돌고 있었다.

'성공하려면 대형 기획사를 가라, 하지만 오래 활동하고

싶다면 SY미디어를 가라.'

그만큼 대우가 웬만한 대기업 못지않으면서도, 사람을 계약으로 묶인 돈이 아닌, 사람 대 사람으로 대면한다는 것을 이미 알 만한 사람은 다 알고 있었으니 말이다.

"그보다 이제 슬슬 회의를 접고 쉬어야 하지 않을까요?"

"네?"

아직 재중에게 알려줘야 할 것이 조금 남아 있던 이태형 이사는 무슨 말이냐며 가방을 다시 열려고 했지만, 그럴 수가 없었다.

목적지에 도착했으니 말이다.

Chapter 07
돈지랄의 최고봉

재중귀환록

"덥다……."

"허얼… 이건 도대체… 어떻게 사람이 살지?"

"허억… 허억… 벌써 폐가 타는 것 같아요."

SY미디어 직원들은 공항을 벗어나 밖으로 나오자마자 입을 모아 같은 말을 할 수밖에 없었다.

생각보다 뜨겁고, 생각보다 무진장 더웠고, 생각보다 타는 듯한 목마름이 이들을 반겼으니 말이다.

공항을 겨우 막 벗어났을 뿐인데도 세계 여러 사람 여러 인종이 심심치 않게 보이는 모습이었다.

확실히 중동의 뉴욕이라는 별명이 어색하지 않은 곳이
두바이였다.

"이사님."

"응?"

"이제 저희는 어떻게 움직이죠?"

태어나 처음 느껴보는 살인적인 더위와 뜨거운 햇빛에서
어떻게든 빨리 벗어나고 싶은가 보다.

직원들이 이태형 이사에게 질문을 쏟아냈다.

하지만 그러고 별다른 스케줄을 아는 것이 없는 표정이
었다.

"글쎄……."

"네? …이사님도 지금부터 스케줄이 어떻게 되는지 모르
세요?"

처음에 진두지휘한 사람이 이태형 이사라 다들 그만 바
라보았다.

하지만 사실 그가 재중에게 받은 계획은 바로 여기 공항
까지였다.

그 후 일정에 대해서는 아직 받은 게 없었고, 어떤 이야
기도 들은 적이 없었다.

그러다 보니 자연스럽게 이태형 이사도 직원들과 마찬가
지로 재중을 쳐다보기만 할 뿐이었다.

마치 아기 새들이 어미 새의 먹이를 기다리듯 말이다.

"저기 오네요."

"……?"

"……?"

"……?"

모두의 시선을 매정하게 모른 척하던 재중이 어딘가를 가리켰다.

고개를 돌리자 스포츠카 12대가 마치 줄을 맞춰서 행진을 하듯 공항으로 들어오는 것이 보였다.

"헐… 페라리?"

"람보르기니도 있다!"

"재규어도 있어!!"

"후얼… 슈퍼카네… 슈퍼카……."

갑작스런 슈퍼카들의 공항 입장은 공항에 온 모든 사람의 시선을 모으기에 충분했다.

순식간에 주변이 소란스러워지기 시작한 것이다.

"이야… 저거 한번 타봤으면 소원이 없겠다."

"그러게 저건… 어디 가서 타보겠어?"

"중동 기름 부자들이나 타는 거겠지."

최소 수억 원에서 수십억은 기본으로 줘야 살 수 있는 슈퍼카.

이름만 슈퍼카가 아니라 차를 보는 것만으로도 사람들의 시선을 끌어당기는 차 22대가 줄줄이 행진하듯 들어오는 모습은 과연 장관이었다.

그리고 그 슈퍼카들이 점점 자신에게 다가오자 직원들은 어떻게든지 사진이라도 찍어두려는 듯 카메라와 휴대폰을 꺼내기 시작했다.

그런데 어찌 된 일일까?

끼익~

가장 앞에 있던 재규어가 멈추자 재규어를 기준으로 뒤이어 오던 다른 슈퍼카들도 일제히 재중과 SY미디어 직원들이 서 있는 곳에 멈추었다.

딸각!

그리고 멈춰선 슈퍼카 안에서 정확하게 1대 당 1명의 남자가 내렸다.

말끔한 슈트 차림에 딱 봐도 제대로 교육을 받은 직원 포스가 느껴지는 남자들이 말이다.

"미스터 선우?"

"네."

그리곤 모두가 재중에게 가더니 키를 넘겨주는 것이 아닌가?

"그럼 즐거운 여행이 되시길."

그러고는 모두 공항 택시를 향해 가버렸다.

당연히 지금 상황을 이해할 수 없는 직원들은 이제 무슨 일인지 영문을 몰라서 또 재중만 쳐다보기 시작했다.

재중이 그런 직원들을 향해 의미심장한 미소를 지었다.

그러고는 차 키 하나를 자신의 주머니에 넣더니 나머지 21개의 키를 내미는 것이다.

"……?"

"……?"

직원들은 재중의 행동이 이해가 가지 않았다.

하지만 머리가 이해하지 못하는 것과 달리 가슴이 뛰는 것을 본능적으로 느끼기 시작한 그들이었다.

"여기 있는 동안 사용할 차입니다. 모두 21대, 각자 알아서 차를 나눠 타세요들."

"허억!!"

"헐!!"

"대박!!"

수십억짜리 슈퍼카를 휴가 동안 타고 다니라고 키를 넘겨줄 것이라고는 생각해 본 적이 없었던 직원들이다.

그들은 지금 자신의 피부를 따갑게 하는 두바이의 뜨거운 햇살도, 목을 쥐어짜는 듯한 목마름도 잠시 잊어버릴 정도의 충격에 빠져 버렸다.

"정… 말이죠?"

이미 출발할 때부터 스케일부터 다른 재중의 배포를 겪어본 바다.

의심하는 직원이 있을 리는 없었다.

다만 쉽게 재중이 내민 차 키에 손이 나가지 않을 뿐이었다.

차가 웬만큼 비싸야 마음 편하게 타지 않겠는가?

수억이었다.

간단하게 지금 직원들 눈앞에 있는 슈퍼카들 사이드 미러 하나만 부숴먹어도 자신의 한 달 월급이 그냥 공중분해가 될지도 몰랐다.

그러니 타게 된다는 기쁨보다 두려움이 찾아온 것이다.

"대표님."

"네, 말씀하세요."

이태형 이사는 직원들의 이런 심정을 잘 알고 있기에 연장자이자 직원들의 리더로서 재중에게 물었다.

"신경 써주신 것은 감사합니다만, 이건 저희 직원들에게는 오히려 부담입니다."

"왜 그러죠? 슈퍼카를 좋아하지 않나요?"

하지만 재중이 오히려 왜 부담을 느끼냐는 식으로 되물어보았다.

이러니 재중이 마음 써준 것을 거절해야 하는 이태형 이
사로서는 난감한 표정을 지을 수밖에 없었다.

딱 봐도 이건 렌트한 차로 보였으니 말이다.

슈퍼카가 22대였다.

아무리 재중이라도 이걸 다 산다는 것은 좀 상상력이 지
나치다고 생각한 이태형 이사다.

재중의 마음은 정말 고마웠다.

하지만 사지 않았다면 이 많은 슈퍼카를 구할 수 있는 방
법은 렌트밖에 떠오르지 않았던 것이다.

렌트는 빌리는 것이다.

그리고 렌트한 차의 경우 파손이라도 생기면 모두 보상
해야 된다는 문제가 있다.

때문에 아무래도 편하게 타고 다니기는 힘들었기에 처음
으로 재중이 신경 써준 것을 거절할 수밖에 없다고 생각했
다.

"좋아는 합니다. 하지만 렌트한 슈퍼카는 오히려 저희에
게 부담일 뿐입니다, 대표님."

"네? 렌트라니요?"

재중이 렌트라는 말에 고개를 갸웃거렸다.

"렌트한 것이 아닙니까?"

"네."

재중은 당연히 렌트한 적이 없기에 아니라고 대답했다.

그러자 이태형 이사의 표정이 이상하게 변하면서 재중에게 물었다.

"렌트한 것이 아니면 이 많은 슈퍼카를 어디서… 구하신 겁니까?"

수억에서 수십억 하는 슈퍼카 22대를 렌트가 아닌 다른 방법으로 구하는 방법은 이태형 이사의 상식에서는 도저히 생각나는 것이 없었다.

그에 이태형 이사가 되물어보자,

"제 소유의 차들입니다."

"……."

"……."

한순간 재중을 마주한 SY미디어 직원들은 할 말을 잃어버렸다.

휴가 때문에 슈퍼카 22대를 사는 사람은 들어본 적이 없으니 말이다.

하지만 재중의 말은 거기서 끝난 게 아니었다.

재중의 다음 이야기는 직원들을 공황상태로 만들어 버렸다.

"이거 휴가 때 타다가 돌아갈 때 가지고 갈 겁니다. 이건 SY미디어 직원들이 업무용으로 타고 다닐 공용 차니까요."

턱!

트특!

휴대폰을 들고 있던 직원은 휴대폰을 떨어뜨렸다.

카메라를 들고 있던 직원은 천만다행으로 목 밴드 덕분에 떨어뜨리진 않았지만, 손에 힘이 빠지는 것은 비슷했다.

"대표님… 지금… 이 슈퍼카가… 저희 SY미디어… 회사 차라는 말씀이십니… 까?"

얼마나 충격적이었는지 이태형 이사마저도 말을 더듬으면서 재중에게 되물어 보는 것을 보면, 확실히 충격적인 일이긴 했다.

회사 공용차가 수억에서 수십억 하는 슈퍼카라니, 이건 들어본 적도 없었다.

돈지랄의 최고봉이라고 해도 과언이 아니었다.

그런데 과연 재중이 괜히 돈지랄하려고 이렇게 한 것일까?

그건 아니었다.

원래는 이 슈퍼카는 모두 테라가 월가에서 활동하면서 선물로 받은 것이다.

물론 22대 외에 아직 4대가 더 테라의 아공간에 있지만, 그건 테라와 재중만 아는 비밀이었다.

아무튼 원래는 이걸 회사 차로 할 것이 아니었다.

본래 기획안을 낸 직원 중에 나름 성공적인 기획안의 주인에게 선물로 줄 상품이었던 것이다.

하지만 현실적인 문제 때문에 회사 차로 돌려놓고 직원들이 마음대로 쓰도록 살짝 바꾼 것이다.

슈퍼카, 물론 좋다.

선물로 받으면 더더욱 좋다.

공짜를 싫어할 이유가 없으니 말이다.

하지만 그걸 유지하는 것은 별개의 문제였다.

보험비, 등록세, 세금 등 외제 차는 특히 비싼 것이 한국의 세금이다.

우선 슈퍼카 종류마다 다르겠지만 보통 1대 당 1년 보험비만 800만 원 수준이다.

거기다 1년에 1만 킬로미터를 뛴다고 생각하면 기름 값도 700만 원 수준이고 말이다.

기름 값만 봐도 슈퍼카가 기름을 길에 흘리고 다닌다는 말이 그냥 나온 것이 아니긴 했다.

그뿐인가?

세금도 1년에 130만 원 안팎으로 나온다.

이걸 다 하면 1년 동안 슈퍼카 한 대 유지하는 데 드는 비용만 최소 1,600만 원 안팎이 발생하는 것이다.

월급쟁이가 유지할 수 있는 수준을 가볍게 뛰어넘을 수

밖에 없는 액수였다.

결과적으로 상이 아니라 빚을 떠안기는 것이나 마찬가지였기에 회사 차로 돌릴 수밖에 없었다.

모든 것을 회사가 부담하고 직원들이 맘대로 쓰라는 뜻에서 말이다.

단 회사에서 슈퍼카의 키를 가지고 있는 사람은 이태형이사가 될 것이다.

재중이 이태형 이사에게 SY미디어에서 강한 영향력을 발휘하도록 조그마한 도움을 주는 셈이니 말이다.

전혀 들어본 적도 없는 파격적인 포상이었다.

특히나 후일 한국에서 재중의 슈퍼카를 회사 차로 직원들이 타고 다니는 것이 언론에 알려지자 아주 난리가 나버렸다.

SY미디어 슈퍼카라는 검색어가 베인티보다 높이 올라한동안 1위에서 내려온 적이 없으니 말이다.

당연히 검색어 2위는 슈퍼카를 회사 차로 쓰는 SY미디어였다.

그리고 덩달아 베인티의 인기도 확실하게 올라가면서 TV에서 베인티를 러브 콜하는 일이 빈번해졌다.

SY미디어 대표인 재중을 부를 수는 없으니 베인티를 통해서 슈퍼카를 회사 차로 사용하는 이유와 여러 가지 이유를 듣기 위해서 말이다.

하지만 오히려 어쩌다 토크 중에 튀어나온 30일 동안의 휴가 스토리로 인해 재중의 배포 큰 모습에 전국이 들썩였다는 것은 나중의 일이다.

그런데 과연 재중이 기분 내키는 대로 이럴 일을 벌렸을까?

아마 그건 재중 본인만 알 일이었다.

*   *   *

"오빠, 어디 가는 거야?"

직원들이 탄 21대의 슈퍼카는 모두 재중이 미리 입력해 놓은 네비게이션을 따라 팜주메이라 안에 있는 빌라로 이동한 상태였다.

하지만 재중과 연아 그리고 천서영은 따로 가장 늦게 움직이고 있었다.

그런데 어째 차가 가는 방향이 SY미디어 직원들이 간 방향과 달랐다.

의아한 연아가 뒷자리에서 얼굴을 내밀면서 재중에게 묻자.

"약속이 있어서 먼저 들렀다 가야 해."

"약속?"

"응, 어차피 너도 인사해 둬야 할 사람이니까 같이 가는 거야."

"그래?"

재중이 지금까지 누굴 먼저 소개시킨 적이 몇 번 없다 보니, 연아는 지금 가는 곳이 이상하게 궁금하면서 살짝 설레는 표정이었다.

다만 이 괴상한 차 안이 조금 불편할 뿐이지만 말이다.

"그런데 오빠… 이 차는 왜 운전석이 중간에 있어?"

연아는 태어나 처음 봤다.

운전석이 중간에 있는 자동차를 말이다.

거기다 차 외관도 마치 F1 경주용 머신을 보는 느낌이 들만큼 특이한 모양도 이색적이었다.

그런데 차에 대해 전혀 모르는 연아와 달리 천서영은 재중의 차를 보는 순간 한눈에 알아챈 듯했다.

천서영은 조용히 앉은 채 연아의 질문에 재중 대신 대답하기 시작했다.

"이건 맥라렌 F1이에요."

"맥라렌? 그… 뭐냐, 설마… 그 엄청 비싼 그거? 말하는 거예요?"

알레스카가 미국 땅 중에서 가장 외지고 촌동네로 불리

긴 하지만, 그래도 한국보다는 슈퍼카와 메이커를 들을 기회가 많다.

그러다 보니 예전에 맥라렌이라는 이름을 들은 기억이 떠오른 연아가 놀란 표정을 지었다.

엄청 비싸다는 것만 기억에 남아 있으니 말이다.

"네… 특히나 이 모델이 좀… 많이 비싸긴 하죠……."

"많이… 요? 얼마길래……?"

"지금은 대충 250만 달러 정도 한다고 들었어요."

"……."

250만 달러라는 천서영의 말에 연아는 멍하니 차 내부를 천천히 둘러보기 시작했다.

대충 계산해 봐도 27억이다.

차 한 대가 27억이나 한다는 말에 재중의 뒤통수를 가만히 쳐다보던 연아였다.

하지만 전에 보여준 통장을 떠올리고는 그냥 고개를 끄덕일 수밖에 없었다.

"수십억 달러… 가지고 있는데… 250만 달러야 뭐……."

옛날 재중을 만나기 전 슈퍼를 하던 연아라면 아마 너무 놀라서 한동안 멍하게 있었을 것이다.

하지만 그동안 사업한다고 움직이면서 듣고, 보고, 배운 것이 제법 있기에 그 정도는 아니지만 그래도 제법 놀란 표정을 지었다.

하지만 그것도 잠시, 금방 재중이 가지고 있는 돈을 떠올리니 어쩌면 이 정도 사치는 왠지 이해가 가는 것이다.

100만 원 버는 사람이 20만 원짜리 물건을 산다.

그러면 당연히 과소비였다.

하지만 300만 원 버는 사람이 20만 원짜리 물건을 산다면?

그건 충분히 쓸 수 있는 액수의 돈인 것이다.

돈이란 것이 참 신기한 것으로, 얼마를 버느냐에 따라 쓰는 돈이 달라질 수밖에 없었다.

그리고 당연히 수십억 달러를 가지고 있는 재중에게 250만 달러 정도 하는 슈퍼카는 충분히 납득할 수밖에 없는 연아였다.

천서영도 천 회장에게 재중의 빅핸드라는 것과 재산 규모에 대해 이미 들어서 납득은 했다.

다만 속으로 재중이 이렇게 돈을 잘 쓰는 성격이었나? 하는 생각을 하는 중이었다.

지금 재중이 SY미디어 직원들에게 베푸는 것을 보면 확실히 기분파 같아 보이긴 했으니 말이다.

하지만 쉽게 납득한 연아와 달리 천서영은 지금 재중이 보이는 모습에 의구심이 들었다.

객관적으로 그동안 옆에서 지켜본 재중의 성격은 신중파에 가까웠었다.

그러다 보니 지금 재중이 하고 있는 모든 행동이 혹시 무언가 계획하에 이뤄진 것이 아닐까 하는 의심 아닌 의심을 하고 있는 중이다.

물론 속으로만이지만 말이다.

재중은 그런 천서영의 눈빛을 읽었는지 말없이 웃기만 했다.

"여긴?"

재중이 맥라렌 F1을 몰고 도착한 곳에 도착해 내린 곳은 천서영도 익숙한 곳이었다.

천서영이 나직히 한마디 하자 연아가 물었다.

"서영이가 아는 곳이야?"

"네, 언니. 버즈 알 아랍(Burj Al Arab)호텔이에요."

"호텔? …뭐 그렇게 생기긴 했는데… 엄청 비싸 보이네……."

바다에서 보면 마치 돛단배가 떠 있는 것처럼 보이는 호텔 버즈알 아랍.

전 세계적으로도 비싸기로 알아주는 호텔로 흔히들 7성급 호텔이라고들 말하곤 했다.

사실 세계 여행 가이드에서는 5성이 최고 기준이었다.

그래서인지 버즈 알 아랍 호텔 측에서는 5성 '호화' 호텔
이라고 소개했다.

하지만 다들 7성급 호텔이라고 말하는 데 주저하지 않는
곳이다.

뭐 그만큼 호화로운 곳이라는 뜻이기도 했다.

1994년 착공해 1999년 12월 1일 처음 문을 연 호텔로, 페
르시아만 해안으로부터 280m 떨어진 인공 섬 위에 아라비
아의 전통 목선인 다우(Dhow)의 돛 모양을 형상화해 지었
다.

버즈 알 아랍은 아랍의 탑이라는 뜻으로 이름을 지은 것
이다.

총 38개 층, 높이 321m로 세계에서 2번째로 높은 호텔이
다.

당연히 7성급이라는 이름답게 밤이면 여러 가지 색상의
외부 조명이 30분에 한 번씩 바뀌는 장관을 연출하는 것으
로 관광객에게는 이미 유명한 곳이었다.

특히 200m 상공에 떠 있는 듯한 느낌을 주는 알 문타하(Al
Muntaha) 레스토랑과 바닷속에 위치한 알 마하라(Al Mahara)
레스토랑은 버즈 알 아랍의 명물 중에서도 최고로 꼽히는 곳
이다.

거기다 28층에 위치한 헬기 착륙장에서는 타이거 우즈가

골프공을 날리고, 테니스 선수 로저 페더러와 안드레 아가시가 비공식 경기를 가져 세계적으로도 유명세를 떨친 이력이 있는 곳이기도 했다.

그리고 호텔이라면 가장 중요한 것, 바로 가격과 호텔의 구조가 있다.

버즈 알 아랍의 202개의 객실은 모두가 구조적으로 해변을 바라보는 전망에 복층 구조로 만들어진 건물이었다.

객실의 크기만도 가장 작은 객실이 169㎡, 가장 큰 객실은 780㎡에 이를 만큼 이미 호화의 끝을 보여주는 곳이다.

그러다 보니 자연스럽게 1박 숙박료가 기본 1천 달러(100만 원 정도)에서 최고 1만 5천(1,700만 원 정도) 달러로 세계에서 가장 비싼 호텔 중 하나일 수밖에 없는 곳이다.

천서영도 몇 번 묵은 적이 있기에 익숙하긴 했다.

하지만 그런 천서영에게도 버즈 알 아랍 호텔은 경이롭기만 한 호텔이었다.

당연히 연아도 잠시 호텔을 쳐다보면서 가만히 서 있었으니 말이다.

"가자."

재중은 애초에 그런 호텔의 외양에는 관심이 없다는 듯 걸었다.

재중이 움직이자 그제야 허둥지둥 재중을 따라 움직이기

시작한 연아다.

그런 둘 가장 뒤에 천서영이 움직였다.

"오빠."

"응?"

"누굴 만나기에… 이런 곳에 와?"

"만날 사람이 여기에 있으니까 왔지."

"오빠가 달라 보여……."

"응?"

"아니, 집에서는 맨날… 허름한 옷에, 편하게 다니잖아, 오빠가 차가 있다는 것도 오늘 알았어, 나는. 그리고 면허증이 있다는 것도."

재중이 면허증을 따야겠다고 말한 적이 있긴 했다.

예전에 말이다.

하지만 그 후로 연아도 연아대로 바쁘다 보니 재중이 면허를 땄다는 것을 전혀 모르고 있었다.

연아는 재중이 맥라렌 F1을 가지고 있다는 것도, 면허증이 있다는 것도 처음 알았던 것이다.

그래서인지 재중이 자신 몰래 뭔가 했다는 것이 약간 섭섭한 듯한 기분이 묻어나는 표정과 말투다.

그런 연아를 보고 재중이 웃었다.

왜냐하면 본인도 비행기에서 내려서야 알았으니 말이다.

면허증도 재중으로 모습을 바꾼 테라가 미리 따놓은 상태였다.

애초에 감각 자체가 인간을 벗어난 재중에게 면허 시험은 의미가 없었다.

그러다 보니 시간이 없는 재중을 대신해서 테라가 간단하게 모습을 재중으로 변신해서 처리해 버린 것이다.

당연히 한 번에 합격했다.

거기다 국제 면허증으로 따버렸기에 이곳에서도 운전하는 데 문제가 전혀 없었다.

그리고 테라의 아공간에 슈퍼카가 여러 대 있다는 것도 오늘 알았으니 재중은 연아가 서운해해도 그저 웃는 것이 전부였다.

그동안 테라가 자동차라는 것이 어떤 구조인지 궁금해서 취미 삼아 산 것도 있고, 월가에서 활동하면서 선물로 받은 것도 있었다.

그중에서 그냥 적당한 것을 풀어놓은 것이 바로 오늘인 것이다.

아직 테라의 아공간에는 페라리 중에 가장 빠른 라페라리와 맥라렌P1도 있다.

그리고 희대의 명작이라는 엔쵸 페라리도 있고 그 외도 몇몇 슈퍼카가 있지만 테라는 순전히 호기심으로 가지고 있을 뿐, 타는 용도가 아니었다.

그러다 보니 중고로 산 것은 마법으로 완전 새것과 같은 상태로 만들어서 보관하고 있는 중이었다.

엔쵸 페라리는 한때 망가진 것도 경매가 4억 원 이상을 호가할 만큼 가격대가 높은 차였다.

그것을 감안하면 테라의 취미도 참 어지간히 비싼 취미라고 해도 될 것이다.

"뭐 어차피 나는 나야."

재중은 딱히 거짓말하기는 싫은지 서운해하는 연아에게 대충 둘러댔다.

하지만 오히려 그 변명에 연아는 피식 웃어버렸다.

방금 그 말은 재중이기에 할 수 있는 말이니 말이다.

어차피 돈이 많을 뿐 연아에게 재중은 오빠일 뿐이었다.

"피이~ 아무튼 너무 대충 산다니까… 오빠는."

연아에게 재중은 게으르고 매사 대충하는 것처럼만 보였다.

그런데 그러면서도 이상하게 일하는 것은 똑 부러지게 하는 것이다.

다만 가족이다 보니 연아에게는 게으른 재중의 모습만 거의 세뇌 수준으로 기억되어 있기에 지금 모습이 조금은 어색할지도 몰랐다.

"그런데 서영이도 같이 가도 돼?"

처음부터 같이 있었던 천서영이다.

그런데 연아는 호텔 엘리베이터에 타고 나서야 지금 만나는 사람이 천서영이 있어도 되는지 물어본다.

재중은 피식 웃었다.

"안 되면 진작에 따로 보냈지."

"아, 하긴… 헤헤헤… 실수~"

살짝 혀를 내밀면서 윙크하는 연아의 애교에 재중은 살짝 머리를 쓰다듬어 줄 뿐이었다.

물론 그런 모습을 부럽게 쳐다보는 것은 천서영이었고 말이다.

띠링~

거의 호텔 꼭대기에 가까운 층에 도착하자, 재중이 내려서 거침없이 걸었다.

마치 이곳에 와본 적이 있는 것처럼 말이다.

그리고 가장 끝에 있는 방에 서서 멈추더니 벨을 눌렀다.

"오셨군… 어라? 연아 씨도 왔네요? 서영 씨도?"

"신승주… 씨?"

"승주 씨가……? 왜 여기에?"

재중이 도착한 객실의 문이 열리면서 나온 사람은 뜻밖에도 신승주였다.

당연히 이곳에서 신승주를 볼 것이라고 생각지 못했던 연아와 천서영은 놀란 표정이었고 말이다.

하지만 재중은 두 사람이 놀라든 말든 자연스럽게 안으로 들어섰다.

"우선 들어오세요들."

먼저 들어간 재중과 달리 연아와 천서영은 신승주의 안내를 받고서야 안으로 들어섰다.

그제야 재중이 왜 천서영까지 데리고 왔는지 이해한 두 사람이었다.

신승주와 개인적으로 친분이 있는 천서영이었고, 재중의 동생으로 인연이 있는 연아였기에 굳이 와도 문제가 없었던 것이다.

SY미디어 직원은 별개지만 말이다.

하지만 막상 객실 안에 들어선 연아와 천서영은 객실 구경을 하지도 못하고 멍하니 서 있어야 했다.

"알리시아라고 해요."

"……!!"

알리시아 공주를 본 천서영은 너무 놀라서 표정이 굳어버렸다.

"……?"

물론 연아는 알리시아 공주가 누군지 알 리가 없다.

그냥 미녀라는 생각에 얼떨결에 고개를 숙여 인사를 했던 것이다.

　　천서영도 바로 왕족을 상대로 실례를 했다는 것을 깨닫고 정중하게 격식을 갖춰서 인사를 했다.

　　하지만 인사 타이밍은 연아보다 늦을 수밖에 없었다.

Chapter 08
약혼 파기?

재중귀환록

"공주님!!?"

"네, 언니… 스페인 왕실에 공주님이에요. 그리고 레알 마드리드 구단의 구단주이기도 하시구요."

천서영이 슬쩍 뒤에 빠져서 자신이 왜 그렇게 놀랐는지 설명하면서 연아에게 알리시아에 대해서 말해주었다.

그제야 뒤에서 너무 놀라서 반사적으로 나온 목소리를 손으로 틀어막은 연아였다.

"후후훗… 괜찮아요."

알리시아는 그런 연아의 반응에 나름 재미있다는 듯 웃

음을 지었다.

그런데 이곳에서 알리시아 공주와 재중이 만난 것이 우연일까?

당연히 이미 계획된 일이었다.

애초에 재중은 알리시아 공주가 두바이에서 잠시 머물 것을 알고 있었기에 목적지를 두바이로 했던 것이다.

SY미디어 전원을 데리고 오는 것은 즉흥적인 기분이었지만 말이다.

물론 재중은 이곳에서 알리시아 공주와 함께 스페인으로 들어갈 계획이다.

연아와 함께 말이다.

덤인 천서영이 끼어들었지만, 오히려 그게 연아도 자연스럽게 스페인 왕실로 갈 수 있으니 재중에게는 이득인 셈이었다.

왕실에서 천서영과 함께 있으면 재중이 그래도 조금 더 편하게 쟁롯을 처리할 수 있을 테니 말이다.

하지만 사실 재중도 이곳으로 와달라는 알리시아 공주의 부탁을 받았을 뿐, 어째서 스페인이 아닌 이곳에 알리시아 공주가 있는지 영문을 모르긴 마찬가지였다.

거기다 공주를 호위하는 왕실 경호원도 없고 신승주와 알리시아 단둘만 객실 안에 있다는 것도 이해가 가지 않았으니 말이다.

왕족은 항상 주변에 경호가 붙는 것은 당연했다.

뭐 대륙의 왕족처럼 수십 명의 기사가 둘러싸는 것은 아니지만, 처음 알리시아 공주를 만날 때에도 별장 내부는 몰라도 바깥쪽은 빈틈을 찾아보기 힘든 경호를 했던 것을 기억하고 있다.

하지만 지금 이곳의 경비는 헐렁하다고 할 정도였다.

왕위 서열이 낮다고 해도 그래도 스페인 왕가의 공주인데 이 정도로 경호가 허술할 수는 없으니 말이다.

하지만 살짝 감각을 퍼뜨려 본 재중은 작게 웃어버렸다.

'호텔 이 층 전체가 모두 알리시아 공주를 위해서 비워져 있었군.'

놀랍게도 층 전체가 모두 비워져 있었다.

아니, 경호원들이 객실에 있었으니 비워져 있지는 않지만, 사실상 다른 사람이 들어오는 것은 불가능한 것이다.

호텔에 들어와서 엘리베이터를 타는 순간부터 이미 경호원들은 재중과 연아, 그리고 천서영을 확인한 상태였다.

다만 알리시아 공주의 허락이 떨어졌기에 가만히 있었던 것 뿐이다.

겉으로 보기에는 그냥 평소의 호텔이지만, 실제로는 호텔 층 전체를 빌려서 아예 접근 자체를 막아버린 것이다.

어떻게 보면 가장 확실한 방법이긴 했다.

돈이 많이 든다는 단점만 빼면 말이다.

"저를 조금 도와주셨으면 해서 이곳으로 불렀어요."

"……?"

재중은 알리시아의 눈동자가 떨리는데다 불안한지 오라마저 흔들리는 것을 보고는 고개를 갸웃거렸다.

"재중 씨도 조금 이상하게 생각하시고 있죠? 제가 왜 스페인으로 바로 돌아가지 않고 이곳 두바이에 있는지 말이에요."

알리시아의 말대로 재중도 궁금하긴 했었다.

하지만 그거야 개인 일정이기에 굳이 묻지 않았을 뿐이고 말이다.

그래서 재중이 순순히 고개를 끄덕였다.

"약혼을 깨뜨려야 하는데 도와주셨으면 해요."

"……?"

뜬금없이 약혼이라는 말에 재중이 알리시아 공주를 보다가 신승주에게 시선을 돌렸다.

벌써 신승주와 약혼을 했을 리가 없었기에 알고 있었냐는 궁금증을 담은 눈동자였다.

"그게… 제가 설명드리겠습니다."

신승주는 흥분해 앞뒤 다 자르고 본론만 말해 버리는 알리시아 공주보다 자신이 재중에게 설명하는 게 편하겠다는 생각에 앞으로 나섰다.

"사실 저도 얼마 전에 들었는데, 스페인 왕가와 이곳 두바이 왕족의 왕자가 약혼을 했습니다. 사실 지금 스페인이 아니라 여기 두바이에 있는 것도 모두 그 약혼이 이유입니다."

"두바이 왕족이라면 누구와?"

왕족은 형제가 많다.

더군다나 중동 쪽은 종교적 문제로 부인을 여럿두는 것이 당연하게 받아들여지는 문화를 가진 곳이었다.

물론 부인을 여럿 거느리면 돈이 많아야 된다는 필수 조건이 있다.

하지만 그런 조건도 왕족이라면 아무런 의미가 없어지는 것이 당연했다.

석유로 이미 몇조의 재산을 가지고 있는 것이 당연한 왕족이었으니 말이다.

그러다 보니 당연히 부인도 많고 왕자도 많은 것이다.

테라에게 듣기로 두바이 왕족에게 왕자는 모두 4명이었다.

그중에서 황태자는 이미 결혼을 했다.

그러니 황태자를 제외한다고 하면 나머지 둘째부터 넷째

왕자가 용의선상에 올라간다.

재중이 묻자 신승주가 바로 대답했다.

"둘째 왕자 네이크 하단 무하메드 알 압둘입니다."

왕자의 이름을 들은 재중은 눈꼬리를 살짝 찡그렸다.

무슨 사람 이름이 저렇게 긴 건지 확실히 한국에서 살았던 재중에게는 익숙하지 않다.

대륙의 왕족 중에서도 저 정도로 긴 이름은 찾기 힘든 편이었으니 말이다.

아무튼 이름이야 아무래도 좋았다.

그런데 자신에게 왜 약혼을 깨달라고 하는 건지 재중은 황당했다.

재중이 어처구니없다는 듯 알리시아 공주를 보았다.

"재중 씨가 직접 전면에 나서달라는 건 아니에요."

"그럼?"

"승주 씨의 뒷배경이 되어주셨으면 해요."

"네? 신승주 씨의 뒷배경이 되어달라니……?"

재중은 뜬금없는 뒷배경이 되어달라는 말에 둘을 번갈아 바라보다가 무슨 소린지 자세한 설명이 필요하다는 듯 조용히 입을 다물어 버렸다.

그러자 알리시아 공주와 달리 재중의 성격을 약간은 파악한 신승주가 빠르게 입을 열었다.

"우선 저를 뒤에서 도와주는 사람으로 재중 씨의 이름을 댈 수 있게 해달라는 겁니다."

"……."

신승주의 말을 듣던 재중은 그제야 상황을 파악할 수가 있었다.

즉, 작곡 능력 빼고는 아무것도 없는 신승주였다.

물론 일반적인 여자와 결혼한다면 신승주의 능력과 재력이라면 사실 차고 넘쳤을 것이다.

하지만 상대가 알리시아 공주처럼 왕족이라면 이야기가 다른 것은 당연했다.

왕족에게는 돈보다 명예, 아니면 유명세가 필요했으니 말이다.

즉 이름값이 능력이나 돈보다 더 잘 먹히는 특이한 집단이었다.

사실 스페인 왕가와 두바이 왕가가 약혼을 한다고 해도, 정식 약혼을 아직 한 것도 아니었다.

그러니 여기서 신승주가 튀어나와 알리시아 공주를 데려가겠다고 한다면 조금 소란스럽기는 하겠지만 약혼을 깨뜨릴 수도 있긴 했다.

문제는 왕족끼리의 약혼을 깨뜨릴 만큼 신승주가 이름값, 아니, 명예가 높으냐가 문제일 뿐이었다.

그런데 그런 신승주와 알리시아게에 구원이 빛이 있었으니 바로 재중인 것이다.

이미 축구로는 세계에서 알아주는 천재라는 것은 알 만한 사람은 다 알고 있는 상태, 거기다 월가의 괴물로 불리는 빅 핸드 또한 재중의 숨겨진 이름이었다.

이미 빅 핸드의 능력을 알고 있는 사람이라면 누구라도 탐낼 정도로 돈에 관해서라면 괴물 같은 적중률을 발휘하는 희대의 괴물.

이건 이미 이름값으로는 충분한 것이다.

물론 재중이 가진 재산이 석유 부자인 두바이 왕족에 비하면 아직 손색이 있는 것은 사실이었다.

하지만 석유를 물려받은 두바이 왕족과 달리, 빅 핸드는 오로지 자신의 힘만으로 짧은 시간에 수십억 달러를 벌어들였다.

짧은 시간에 말이다.

즉 그 말은 시간이 조금 지나면 두바이 왕족의 재산에 버금가거나 훨씬 뛰어넘는 돈을 버는 것이 이미 당연시 되는 사람이라는 뜻이었다.

세계에서 경제를 움직이는 위치에 있는 사람들이 재중을 탐내는 것은 바로 그 발전 가능성 때문이었으니 말이다.

거기다 빅 핸드 뒤에는 브라질 최고 기업인 시우바 그룹이 있다는 것도 이미 아는 사람은 다 아는 사실이었다.

재중의 이름값은 본인만 모를 뿐 전 세계적으로 영향력이 엄청났다.

한국에서만 재중은 그저 증권으로 돈 많이 번 졸부, 축구 잘하는 남자 정도다.

하지만 세계 무대로 나서면 상황이 완전 달랐다.

알리시아 공주가 재중에게 신승주의 뒤에서 배경이 되어 달라는 말을 하는 것만 봐도 이미 충분했으니 말이다.

알리시아 공주 정도의 머리와 판단력을 가진 사람이 알아보지도 않고 재중에게 부탁할 리는 없었다.

재중이 잠시 생각하는 듯 입을 다물고 눈을 감아버렸다.

꿀꺽…….

신승주도 마른침을 삼키면서 덩달아 조용히 입을 다물었다.

꼬옥~

반면 알리시아 공주는 신승주의 손을 잡으면서 눈을 감아버렸다.

재중이 거절한다고 해도 사실 뭐라고 할 수 없는 입장이었으니 말이다.

재중에게 쟁롯을 처리해 달라고 부탁한 것도 그녀였다.

그런데 이제는 물에 빠진 사람 보따리 내놓으라는 식으

로 신승주와의 결혼을 위해서 신승주의 뒷배경이 되어달라는 것이다.

그녀도 이게 욕심이라는 것을 잘 알고 있었다.

그렇지만 어쩌겠는가?

이미 스페인 왕권은 쟁롯에 미쳐 버린 알프레도 6세의 손아귀에 있었고, 이번 두바이 둘째 왕자와의 약혼도 알프레도 6세가 일방적으로 한 것이나 마찬가지였으니 말이다.

만약 재중을 만나지 못했다면, 신승주를 다시 만나지 못했다면, 분명히 알리시아 공주는 알프레도 6세의 뜻대로 두바이 둘째 왕자와 약혼을 했을 것이다.

그리고 왕족에게 약혼은 그 어떤 약속보다도 무거운 약속이기에 결국 결혼하게 될 것은 당연했다.

하지만 지금 신승주가 곁에 있는 알리시아 공주는 발버둥 치고 있는 중이었다.

자신의 삶을 위해서 말이다.

알리시아 공주는 물론 재중이 가진 쟁롯을 처리하는 신비한 능력도 대단하다고 생각했다.

하지만 지금 그녀에게 필요한 것은 그보다는 재중의 이름값이었다.

그래서 욕심인 줄은 알지만, 어쩔 수 없이 이렇게 부탁하는 것이다.

유일하게 신승주와 그녀의 결혼을 인정해 준 사람이었으니 말이다.

"제게 두바이 왕족과의 약혼을 깨뜨릴 만큼의 힘이 있을까요?"

재중은 사실 현재 자신의 이름이 가지고 있는 파워, 아니, 정확하게 빅 핸드라는 이름이 가지고 있는 파워와 브랜드의 가치를 정확하게 파악하고 있지 않았다.

재중이 물어보자 알리시아 공주는 고개를 강하게 끄덕이면서 대답했다.

"충분해요, 현재 제가 알고 있는 사람 중에 가장 영향력이 있는 사람이 재중 씨니까요."

"흐음……."

사실 신승주는 앞으로 SY미디어에 많은 도움을 줄 사람이었다.

이미 유서린의 곡도 완성 단계였고, 베인티의 2집도 만들고 있으니 말이다.

하지만 재중이 이렇게 깊게 생각하는 것은 지금 알리시아가 말하는 뒷배경이 되어달라는 뜻이 그냥 뒤에서 얼굴만 비춰달라는 것이 아니라는 것을 잘 알기 때문이었다.

재중으로서도 고민할 수밖에 없었다.

즉 재중이 그다지 내켜하지 않는 인연이 만들어지기에

이렇게 고민하는 것이다.

일반적인 비즈니스 관계가 아니라, 좀 더 강한 인연으로 맺어지는 것이니 말이다.

특히 신승주의 뒷배경이 되어달라는 것은, 만약 약혼에 관련해서 스페인 왕가나 두바이 왕가에서 신승주에게 어떠한 손해를 끼치려고 한다면, 그걸 재중이 나서서 막아줘야 하는 의무가 생긴다.

그렇기에 고민에 빠질 수밖에 없는 이유는 충분했다.

그리고 그걸 알기에 알리시아 공주도 긴장하고 있는 것이고 말이다.

하지만 재중은 그런 알리시아 공주의 긴장을 모르는 척 눈을 감은 채 테라에게 궁금한 것을 물어보고 있는 중이었다.

'테라.'

―네 마스터.

'내 이름값이 왕족끼리의 약혼에도 끼어들 만큼 큰 거냐?'

대륙이었다면 이미 대륙을 구한 영웅이라는 이름값이 있기에 왕위 계승에도 간섭할 수 있는 재중이긴 했다.

하지만 이곳은 지구였다.

이곳에서 재중은 한국에서 조용히 여동생과 생활하고 싶

어 하는 노총각에 불과했다.

물론 대외적으로 테라가 세계를 돌아다니면서 돈을 긁어모았지만, 자세한 것을 재중이 알 리가 없으니 물어본 것이다.

—음… 객관적으로 현재 상태만 본다면 알리시아 공주의 부탁은 무리한 부탁이에요.

'현재 상태?'

재중은 테라의 말이 조금 애매하다는 것이 이상해서 되물어보았다.

—네, 현재 상태만 보면 그렇다는 거죠. 우선 알리시아 공주와 결혼하려는 두바이 왕족 둘째 왕자의 재산이 현재 230억 달러예요. 그리고 반대로 마스터의 재산은 모든 것을 다 처분한다고 해도 100억 달러 조금 모자란 액수죠. 객관적으로 조금 모자란 것은 사실이니까요. 하지만~

'하지만?'

말꼬리를 흘리는 테라의 모습에 재중이 나직이 되물어보았다.

—현재만 그렇다는 거예요. 정확하게 2년, 그 기간 안에 제가 250억 달러까지 마스터의 재산을 불려놓을 생각이니까, 그걸 생각하면 어느 정도 신승주에게 힘을 실어줄 수 있는 위치에 있는 것도 사실이에요, 마스터.

'흠… 그 정도냐?'

재중은 주식을 전혀 몰랐다.

당연히 돈을 그렇게 빠른 시간 안에 많이 번다는 것이 도무지 이해가 가지 않기에 테라에게 물어보자 테라가 대답했다.

─마스터, 1,000원으로 100원 버는 것과 10억으로 1억 버는 것은 어차피 같은 원리예요. 돈이 많을수록 벌어들이는 차액이 커지는 거니까요. 즉 돈이 돈을 버는 원리가 적용되는 것이 지금 이곳 지구의 경제 시스템이라 가능한 거예요, 마스터.

'돈이 돈을 벌어들인다라……. 하긴… 맞는 말이긴 하지.'

재중도 흔히 듣던 말이었다.

자본주의는 돈이 가장 우위에 있는 시스템이었다.

그리고 그 돈이 많으면 귀족처럼 살 수도 있고, 왕족처럼 살 수도 있는 것이다.

거기다 자본주의는 기본적으로 투자를 해야 이득을 얻는 시스템인데, 돈이 많아서 많은 투자를 한다면 당연히 이득도 클 것이다.

거기다 자신이 하는 일에서는 그 무엇보다 지는 것을 싫어하는 테라다.

그 성격상 투자를 하고 마냥 기다릴 테라도 아니었다.

당연히 수단과 방법을 가리지 않고 성공시킬 테니 테라에게는 돈으로 돈을 버는 경제 시스템에서, 어쩌면 돈을 버는 것이 마법을 쓰는 것보다 어쩌면 더 쉬울지도 몰랐다.

현재 100억 달러를 가지고 있지만, 몇 년 안에 250억 달러를 벌어들일 남자.

그리고 또 시간이 지나면 얼마나 재산이 불어날지 그 누구도 장담하지 못하는 사람.

그것이 재중인 것이다.

'우선 두바이 왕족과 스페인 왕족에 모두 내 말이 먹혀들어가는 정도의 이름값을 가지고 있다는 거네?'

재중이 뜻밖의 말에 조금 놀란 듯 물어보았다.

─마스터, 설마 제가 마스터의 이름으로 움직이면서 그것도 못 하겠어요? 전 드래곤의 마도서예요, 마스터. 당연히 이 정도는 해야죠. 드래고니안에게서 대륙의 인류를 구한 영웅인 마스터인데 어디 가서 창피당하는 건 제가 용납 못해요!! 절대로!! 마스터는 무조건 최고가 되어야 해요!

'고맙다.'

재중은 살짝 팔불출처럼 맹목적인 테라의 행동이 조금 부담스럽기는 했다.

하지만 자신을 위한 것인데 어쩌겠는가? 그냥 그러려니

해야지 말이다.

거기다 테라가 그런 생각으로 했기에 지금 도움이 되는 것도 사실이니 칭찬을 해주었다.

─헤헤헤… 마스터 그럼 저 입술에 키스 한 번만 해주면 안 돼요?

틈만 나면 달려드는 테라였다.

뭐 잘하긴 했지만, 이상하게 이런 식으로 자신의 칭찬을 깎아먹는 테라의 모습에 재중은 피식 웃어버렸다.

한편으로는 귀엽게 보였으니 말이다.

'언젠가는…….'

테라에게는 뭔가 애매한 대답을 한 재중이 곧 눈을 떴다.

"……."

"……."

재중이 눈을 뜨자 직감적으로 재중이 결정을 내렸다는 것을 느꼈는지 신승주의 눈동자가 흔들렸다.

하지만 신승주는 시선을 돌리거나 하진 않았다.

어차피 재중이 아니면 다시 알리시아 공주와 만나는 것조차도 불가능했던 그다.

이미 받아들일 준비를 했으니 말이다.

"신승주 씨."

"네, 재중 씨."

"두바이 왕가 쪽은 제가 막아드리죠."

멈칫!

거절을 각오했던 신승주는 재중의 허락에 너무 감동해서 몸을 부르르 떨었다.

하지만 재중의 다음 말에 거짓말처럼 떨림이 멈춰 버렸다.

"대신, 스페인 왕가는 두 분이 알아서 해야 합니다."

즉 이번 두바이 쪽에서만 재중이 나서겠다는 뜻이었다.

그리고 스페인 왕가의 설득은 순전히 신승주와 알리시아 공주의 몫이 된 셈이다.

하지만 스페인 왕가보다 더 큰 장벽이 바로 두바이 왕가였기에 신승주는 그것만으로도 충분했다.

벌떡!!

"고맙습니다. 재중 씨… 정말 고맙습니다."

신승주는 이마가 탁자에 닿을 만큼 허리를 꺾어서 인사를 했다.

그리고 눈을 감고 있다가 반응이 느려진 알리시아 공주도 뒤늦게 일어서서 왕실 예법으로 정중하게 재중에게 인사를 했다.

이건 왕족을 떠나 한 여자의 억지를 들어준 셈이었기에 재중도 일어서긴 했지만 굳이 예를 차리진 않았다.

신승주의 후견인이 된다는 것은 앞으로 알리시아와 신승주가 결혼하게 되면 재중이 배분으로 윗줄이 된다는 것이다.

거기다 신승주와 알리시아가 아이라도 낳으면 재중은 백부가 되는 셈이니 말이다.

딸각!

"공주님 시간이 다되었습니다."

재중과의 이야기가 끝나자 기다렸다는 듯 객실의 문이 열리더니 옆방에 있던 왕실 경호원이 들어왔다.

그는 알리시아 공주에게 두바이 왕궁으로 가야 한다고 재촉하기 시작했다.

알고 보니 재중을 설득하는 것에 집중하기 위해서 알리시아 공주가 모든 준비를 마친 뒤 신승주를 제외한 다른 모두를 옆방 객실로 이동시킨 것이었다.

물론 재중이 거절하는 최악의 경우 자신들이 해결해야 되는 상황이 올 수도 있었다.

하지만 현재 알리시아 공주는 알프레도 6세 때문에 주변에 아는 사람이 별로 없었다.

사실 있다고 해도 재중만큼 영향력이 있는 사람을 아는 것도 쉽지 않기에 그만큼 절실했는지도 몰랐다.

시간에 쫓기고 있지만, 절대로 그걸 내색하지 않고 끝까지 재중에게 저자세를 보이지 않은 그녀다.

　그걸 보면 확실히 알리시아 공주도 왕족은 왕족인 듯했다.

　자존심 하나만큼은 역시나 보통의 사람들이라면 흉내도 내지 못할 만큼 강했으니 말이다.

Chapter 09
두바이 왕가

"여기가 두바이 왕궁으로 가는 입구예요."

원래 지금 재중이 보고 있는 두바이 왕궁으로 들어가는 길은 최근에 새로 확장 공사를 한 상태라서 그런지 넓고 깨끗하고, 사방이 훤하게 보이는 탁~ 트인 공간이었다.

하지만 얼마 전까지만 해도 두바이 왕궁이라면 양쪽에 우거진 숲에서 수백 마리의 공작이 마음대로 노닐면서 다니는 곳, 사막이라는 것이 믿어지지 않을 만큼 녹색이 가득한 곳이었다.

물론 좁은 길과 군인들의 엄중한 경비 때문에 관광객들

은 멀리서 구경할 수밖에 없었다.

하지만 그래도 나름 관광 코스로 유명한 곳이기도 했다.

그런데 그런 두바이 왕궁을 새로 개편하면서 앞에 커다란 공터를 깔끔하게 만들어 아예 관광객들이 와서 구경하기 쉽도록 완전히 바꾼 것이다.

당연히 초대받지 않은 자는 왕궁 가까이 가는 것이 힘든 것은 예전과 같았다.

하지만 관광객이 느끼기에는 더욱 편안해진 모습으로 바뀌었으니 많이 좋아진 듯했다.

크르릉~

크릉~

그리고 실탄으로 무장한 군인들이 지키고 있는 왕궁의 정문, 아니, 정확하게는 셰이크 무하메드 왕궁으로 들어가는 입구를 지나자마자 가장 처음 재중의 눈에 띈 것이 있었다.

바로 새끼 표범과 새끼 사자를 산책시키는 사육사였다.

까닥~

왕궁 입구에 알리시아 공주가 왔다는 말을 듣고 셰이크 무하메드 왕궁에서 집사가 직접 마중을 나온 터였다.

그가 일행의 길을 막은 사육사에게 살짝 손짓을 하자 빠르게 새끼 표범과 새끼 사자를 데리고 사라져 버렸다.

하지만 첫인상은 강렬할 수밖에 없었다.

확실히 두바이 왕가라고 해야 할까? 애완동물의 수준이
완전 달랐으니 말이다.

중동의 왕족은 사자와 표범을 애완동물로 키운다는 말을
듣긴 했지만, 듣는 것과 실제로 직접 눈으로 보는 것은 하
늘과 땅 차이었다.

그나마 아직 어린 표범과 사자였기에 무섭다기보다는 그
저 귀여웠지만 그래도 맹수는 맹수였다.

사람을 보고 울부짖는 듯한 낮은 울음에 묘한 섬뜩함이
스며 있는 걸 듣게 되었으니 말이다.

하지만 그것도 잠시, 중앙에 있는 분수를 지나 올라가다
언뜻 옆을 봤는데, 그곳에는 완전히 다 자란 수사자가 갈퀴
를 휘날리면서 사육사의 손에 이끌려 산책하고 있었다.

마치 밀림의 모든 것을 발아래 둔 것 같은 당당함이라고
할까?

뜨거운 바람에 휘날리는 사자의 갈퀴마저도 마치 사람을
빨아들이는 마성 같은 매력을 지닌 듯했다.

왕족이 사는 왕궁이나 황궁이라면 대륙에서 심심치 않게
다녀본 재중이었다.

하지만 확실히 두바이 왕가는 다른 곳과는 다른 색다름
이 있는 곳임이 확실해 보였다.

대륙의 왕궁과 황궁은 지구의 유럽을 보는 것 같았다.

보여지는 화려함도 그렇고 왕궁의 벽돌 하나에도 세월의 깊이가 느껴지는 매력이 있었다.

반면 두바이 왕궁인 셰이크 무하메드 왕궁은 역사가 그리 길지 않다 보니 화려함이 당연 돋보였다.

하지만 재중이 그것 이상으로 느낀 것은 다름 아닌 야성이었다.

화려함과 야성이 공존하는 분위기랄까? 확실히 독특한 매력이 있는 왕궁이다.

"여기가 본관입니다. 우선 안으로 들어가시죠."

능숙한 스페인어로 안내하면서 반보 빠르게 움직이는 집사의 걸음을 보면 오랜 연륜이 묻어난 노련함이 느껴졌다.

그냥 뽑은 사람은 아닌 것이 확실했다.

그런 집사를 따라 안으로 들어오니 역시라는 말이 저절로 튀어나왔다.

화려함?

아주 차원이 다른 화려함일 것이다.

재중도 지구에 와서 이 정도 화려함을 본 기억이 전혀 없을 정도이니 말이다.

얼떨결에 알리시아 공주의 일행으로 같이 셰이크 무하메드 왕궁에 들어온 연아와 천서영은 어쩔 줄 몰라 하고 있었다.

왕궁에서 주변을 둘러보면 실례가 된다는 것을 이미 알리시아 공주에게서 들었지만, 저절로 움직이는 눈동자와 그 눈동자와 같이 움직이는 시선을 어떻게 하지 못했다.

아니, 집사는 이미 알고 있으면서도 일부러 그냥 연아와 천서영을 내버려 두는 모습을 보이기까지 했다.

마치 자신이 모시는 왕가의 위엄을 마음껏 느껴보라는 듯 자신감이 가득한 심정으로 말이다.

"잠시 기다리시면 폐하와 왕자님께서 오실 것입니다."

"네."

알리시아 공주가 일행을 대표해서 대답하고 자리에 앉자 그제야 신승주와 재중이 앉았다.

눈치만 보던 연아와 천서영은 가장 마지막에 앉았다.

자리에 앉긴 했지만 시선을 보면 바짝 긴장한 게 역력해 보였다.

왕궁이라는 말에 얼떨결에 따라온다고 했던 연아는 지금 속으로 엄청난 후회를 하고 있으니 말이다.

'애고… 내가 미쳤지……. 여길 왜 따라온다고 해서…….'

사실 태어나서 언제 한 번 왕궁이라는 곳을 가보겠는가? 일반적으로 왕족으로 태어나지 않는 이상 왕궁에 한 번 발을 디딘다는 것부터가 꿈같은 일이니 말이다.

더구나 왕궁이 주는 화려함도 연아의 마음을 사로잡기에는 충분했다.

물론 동화에서나 나오는 백마 탄 왕자를 꿈꾸면서 오진 않았다.

그냥 궁금했다는 것이 정확할지도 몰랐다.

'과연 왕자는 어떻게 생겼을까?'

여자라면 누구나 생각하는 것, 바로 왕자가 어떻게 생겼는지가 궁금했다.

물론 천서영도 연아와 비슷한 생각을 가지긴 했다.

하지만 그보다는 가능하면 오직 재중의 곁에 가까이에 있고 싶은 마음에 따라온 거였다.

왕궁의 위용에 놀란 기색이긴 했으나 연아와 달리 후회하는 모습은 아니었다.

역시 천산기업에서 수업을 받은 것 때문일까? 긴장은 하지만 나름 차분했으니 말이다.

그때 두바이 국왕과 알리시아와 약혼을 하게 될 왕자 네이크 하단 무하메드 알 압둘이 응접실로 들어왔다.

처음 본 왕자였지만, 왕자를 본 연아에게 떠오르는 단어는 오직 하나였다.

'굉장한 미남이네……'

두바이 왕족에 대해서 전혀 아는 것이 없던 연아였다.

당연히 첫인상인 셈인데 보여지는 외모만 봐도 확실히 굉장한 미남으로 느껴졌다.

하지만 연아와 달리 이미 어느 정도 들은 소문이 있던 천서영은 살짝 반응이 달랐다.

'소문대로네.'

두바이 왕가는 세계적으로 돈 때문에 유명하기도 했지만, 그보다 잘생긴 외모로 이미 공주와 왕자들이 세간을 떠들썩하게 만든 장본이었다.

그래서 천서영의 반응은 조금 냉정할 수밖에 없었다.

물론 그저 그게 전부였지만 말이다.

어차피 왕자였다.

연아나 천서영에게는 그저 저 먼 곳에 있는 사람이니 그냥 TV속의 연예인을 보는 기분으로 봤기에 그걸로 끝인 것이다.

반면 자리에 들어온 무하메드 국왕과 왕자는 알리시아 공주에게 웃으면서 인사를 했다.

하지만 그들의 시선은 재중에게 향해 있었다.

'이자가?'

이미 왕궁으로 출발할 때 알리시아 공주 측에서 일행에 대해서 모두 알려주었다.

이미 신상 파악은 끝난 셈이니 재중을 보는 무하메드 국왕이 눈빛이 예사로울 리가 없었다.

마치 재미있는 것을 봤다는 느낌이랄까?

"이렇게 찾아온 것은… 역시 약혼을 중지하고 싶다는 의지 때문입니까?"

무하메드 국왕이 자리에 앉자마자 살짝 불편한 기색을 보이면서 알리시아에게 직설적으로 말했다.

알리시아 공주도 이미 사전에 연락을 하고 정식으로 양해를 구하기 위해서 왔기에 다부진 얼굴로 대답했다.

"네, 아시다시피 예전에 약혼하려 했던 분과 결실을 맺으려고 합니다."

지지 않겠다는 듯 알리시아의 눈동자가 똑바로 무하메드 국왕에게 향한 상태였다.

본래 왕족은 서로의 자존심이 무엇보다 중요한 사람들이었다.

그러다 보니 거절을 할 때도 당당하게, 그것이 당연시되는 사람들이어서 상대를 똑바로 보면서 거절하는 것이다.

반면 무하메드 국왕은 노골적으로 섭섭한 표정을 보여줄 수밖에 없었다.

본래 두바이 왕가는 역사가 지극히 짧았다.

아니, 짧을 수밖에 없었다.

석유가 아니라면 아직도 부족에서 벗어나기 힘들었으니 말이다.

하지만 과거는 어차피 과거일 뿐이다.

현재가 중요하고, 현재는 곧 미래와 같은 말이었으니까.

하지만 왕가의 전통성이 짧다는 것은 확실히 현재 두바이 왕가가 가지고 있는 아킬레스건이었다.

그렇기에 이번에 알프레도 6세가 먼저 약혼 제의를 했을 때, 무하메드 국왕이 두말없이 승낙했던 것이다.

거기다 이미 알리시아 공주는 스페인에서도 알려진 미녀로 둘째 왕자인 네이크 하단 무하메드 알 압둘, 보통은 네이크라 부르는 네이크 왕자도 마음에 들어 했었다.

하지만 약혼 이야기가 온 지 불과 한 달도 채 되지 않아서 알리시아 공주 본인이 약혼을 취소해 달라고 직접 두바이까지 찾아온 것이다.

이것은 사실상 굉장한 무례였다.

예법과 약속을 중요하게 생각하는 왕가라는 것을 떠나서, 먼저 약혼을 제의했던 스페인 왕가에서 약혼을 취소해 달라고 한 것이니 말이다.

이것은 두바이 왕가를 우습게 봤다고 해도 할 말이 없을 만큼 큰 실례였다.

아니, 일반적인 사람들의 약혼이라고 생각해도 약혼을

하자고 먼저 제의했던 상대방이 갑자기 없던 일로 해달라고 하면 욕먹을 짓이다.

하물며 왕가라면 대단한 무례일 수밖에 없었다.

알리시아 공주가 직접 이렇게 두바이로 찾아올 수밖에 없었던 이유이기도 했다.

최대한 성의는 보여야 했으니 말이다.

물론 애초에 약혼 자체가 알리시아 공주의 의견을 완전히 무시한 알프레도 6세 독단으로 이뤄진 것이긴 했다.

하지만 알리시아 공주로서도 어쩔 수가 없었다.

스페인 현 국왕이 한 약속이니 말이다.

"…흐음……."

기분 나쁜 표정을 노골적으로 드러낸 무하메드 국왕이 시선을 살짝 돌려 알리시아 옆에 있는 신승주를 바라봤다.

움찔.

무하메드 국왕의 시선이 느껴졌는지 신승주의 몸이 미세하게 떨렸다.

하지만 그래도 이미 사전에 마음을 굳게 먹었는지 나름 열심히 버티고 있는 모습이었다.

당연히 현재 신승주의 마음속은 엄청난 긴장감으로 온몸이 바짝 굳어 있겠지만 말이다.

"흠… 그렇군요."

무하메드 국왕은 신승주를 잠시 쳐다보더니 이상하게 뭔가 의미심장한 말을 하고는 시선을 거두는 게 아닌가?

"⋯⋯?"

알리시아 공주는 당장 국왕의 입에서 불호령이 떨어져도 이상하지 않을 상황에 나직하게 인정하는 듯한 분위기의 대답이 들리자 오히려 살짝 당황해 버렸다.

그런데 그런 알리시아 공주를 지나친 무하메드 국왕의 시선이 다시 머문 곳은 바로 재중이었다.

그러고는 잠시 말없이 재중을 쳐다보다가 말했다.

"빅 핸드라⋯⋯."

불과 1년 남짓한 시간에 월가에 신화를 써 내려간 남자.

그리고 이미 세간에 몇 년 안에 월가를 뛰어넘어 무엇을 한다고 해도 절대 실패할 것 같지 않다는 무패의 제왕이라는 별명이 붙어 있는 남자.

동시에 이대로만 간다면 언젠가는 세계 경제를 흔들 수 있는 자본력을 가질 사람으로도 평가받는 남자.

그것이 바로 빅 핸드 재중이었다.

그러다 보니 무하메드 국왕의 시선이 재중에게 머무는 것도 당연했다.

본래 재중은 신승주의 후견인 자격으로 왔지만, 알리시아 공주의 판단대로 오히려 지금 국왕의 시선을 가장 사로

잡고 있는 것은 바로 재중이었다.

"빅 핸드라고 불러야 하는지, 아니면 선우재중이라고 불러야 하는지 애매하군."

무하메드 국왕이 슬쩍 지금까지 사용한 스페인어가 아니라 아랍어로 이야기했다.

하지만 재중의 표정과 대처는 자연스러워 보일 정도였다.

"폐하께서 원하시는 대로 부르십시오. 빅 핸드도 선우재중도 모두 저니까요."

"오……? 아랍어가 수준급이군."

마치 애초에 이곳 두바이에서 태어나고 자란 사람처럼 너무나 자연스럽게 재중의 입에서 아랍어로 대답이 나오자 무하메드 국왕은 놀란 표정을 지었다.

동시에 옆에 있던 네이크 왕자도 놀랐다.

아랍어는 배운다고 해도 결코 쉽지 않은 언어였다.

세계 여러 언어 중에서도 특히나 발음이 어려운 언어 중 하나라고 꼽힐 만큼 까다로웠으니 말이다.

때문에 외국인의 경우 어릴 때부터 아랍어를 자연스럽게 배우지 않는 이상 재중처럼 자연스럽게 발음이 들리는 경우가 흔하지 않았다.

물론 그런 그들의 반응에 재중은 그저 웃을 뿐이었다.

압도적인 능력의 차이, 그것이 바로 드래곤인 재중이었다.

재중에게 이건 자랑하거나 내세울 만한 것은 아니었기에 웃는 것이다.

"그럼 재중이라 부르고 싶군."

"네, 폐하."

재중이 정중하게 대답하는데 그 모습이 너무나 당당하면서도 이상하게 상대를 기분 나쁘게 하지 않는 당당함이었다.

무엇보다 지금 알리시아 공주가 약혼을 파기하러 온 마당에 재중의 저런 당당함이 좋게 받아들여지는 것만 봐도 알 수 있었다.

"그런데, 재중 옆에 레이디는 누구신가?"

굳이 알면서도 재중에게 소개를 부탁하는 무하메드 국왕이었다.

재중은 살짝 미소를 보이고는 대답했다.

"제 옆에는 선우연아, 제 여동생입니다. 그리고 그 옆은 한국의 천산그룹 천 회장의 손녀인 천서영 씨입니다, 폐하."

"아… 선우연아… 미인이시군요, 후후후……. 그리고 천산그룹의 소문난 미녀가 직접 이곳에 오다니 영광이군요."

미사여구가 많이 붙은 말뿐인 칭찬이지만, 그래도 필요한 곳이 왕가였고 왕족이었다.

즉 정보로 듣는 것보다 알고 있더라도 직접 재중이 소개해 주는 것을 더욱 가치 있게 평가하는 것이다.

대충 보여주기 식의 예법이라도 그것이 왕가라면 당연했다.

"그런데, 신승주 씨의 후견인이라고 해도 과연 어디까지 그 사람을 도와줄 생각인가, 그대는?"

아랍어라서 현재 이곳에서 무하메드 국왕과 재중의 대화를 알아듣는 사람은 오직 국왕과 네이크 왕자, 그리고 재중세 사람뿐이었다.

옆에서는 그저 궁금한 표정을 짓고 있지만 감히 물어볼수는 없다는 표정들이었다.

왕과의 독대에 끼어든다는 것은 굉장한 무례였고, 당장쫓겨나도 이상하지 않으니 말이다.

"최소한 두 사람의 결혼을 지켜보고 싶은 것이 제 심정입니다, 폐하."

살짝 돌려서 말은 하고 있지만, 간단하게 말해서 그냥 약혼을 깨뜨리는 것을 최선을 다해서 도와주겠다는 말이었다.

"후후훗… 역시 월가의 괴물이라 불릴 만한 배포로

군……. 내 앞에서 이토록 당당하게 말하다니 말야."

무하메드 국왕은 재중의 말이 그다지 기분 나쁘게 들리
진 않았다.

물론 일반 평범한 시민이 그랬다면 당장 잡아다가 총살
을 시켰을 것이다.

하지만 빅 핸드라는 재중의 이름값이 무하메드 국왕의
마음을 많이 흔들어놓았기에 충분히 납득하고 있는 표정이
었다.

"나의 아들이 부족한가?"

결혼 당사자인 알리시아 공주가 아닌 재중에게 물어보는
국왕의 말에 재중은 피식 웃었다.

지금 분위기의 중심이 알리시아 공주가 아니라 재중 자
신에게 집중되어 있었으니 말이다.

그리고 그렇게 만든 사람이 바로 무하메드 국왕이었다.

"그건 알리시아 공주님이 판단하실 문제라고 생각됩니
다, 폐하."

"후후훗… 그래, 그렇지. 결혼하는 것은 내 아들과 공주
였으니 말야……. 하지만 왠지 난 공주보다 자네가 더 마음
에 든단 말야……."

씨익~

그러면서 입가에 미소를 띤 무하메드 국왕의 눈이 마치

먹잇감을 노리는 야수의 눈빛처럼 서서히 변하기 시작했다.

마치 지금까지의 가면을 벗어 던진 듯이 말이다.

그리고 그런 국왕의 모습에 재중도 입가의 미소를 더욱 진하게 그렸다.

애초에 방에 들어왔을 때부터 이미 국왕의 시선이 자신에게 집중되어 있다는 것을 눈치채고 있었다.

그리고 마음에 든다는 말은 왕가의 식구로 재중을 받아들일 생각이 있다는 뜻을 말한 것이기도 했다.

다만 이렇게 노골적으로 말할 줄은 몰랐을 뿐이다.

"저는 나이가 많고 부족합니다, 폐하."

재중은 정중하게 거절했지만, 어차피 이런 말이 먹혀들리 없다는 것을 잘 알고 있었다.

왕족에게 거절은 오히려 가지고 싶어 하는 마음에 불을 지르는 것밖에 되지 않았으니 말이다.

현재 무하메드 국왕의 슬하에 공주가 있긴 했다.

그런데 아직 젖살도 빠지지 않은 코흘리개 어린애라는 것이 문제였다.

재중은 그걸 안다는 듯, 일부러 나이가 많다는 것을 강조한 것이다.

그런데 그런 재중의 대답에 오히려 살짝 미소를 지은 무하메드 국왕이 시선을 돌려서 연아를 쳐다보는 것이 아닌가?

그러고는 모두가 들을 수 있는 영어로 말했다.

"재중, 자네 여동생을 내 아들과 결혼시키고 싶은데 어떤가?"

라고 말이다.

무하메드 국왕은 마치 선전포고 같은 느낌을 담아서 말했다.

하지만 무하메드 국왕의 말을 들은 일행의 반응은 한마디로 정적이었다.

반면 재중은 오히려 무하메드 국왕의 갑작스런 발표에 웃음을 지을 뿐이었다.

씨익~

'이건가? 무하메드 국왕이 노린 것은?'

어차피 알리시아 공주가 약혼을 파기하러 온다는 것은 기정사실이었다.

미리 통보를 하고 사과하는 뜻에서 두바이에 온 것이었으니 말이다.

물론 꽤씸하긴 하지만, 공주가 죽어도 싫다는데 억지로 해봐야 결국 왕가에 불행의 씨앗만 키우는 셈이었다.

그렇기에 무하메드 국왕도 반쯤은 약혼이 깨진 것으로

판단하고 있었다.

어차피 정략적인 목적이 강할 뿐, 알리시아 공주와 네이크 왕자가 서로 사랑하는 사이도 아니었으니 말이다.

거기다 아직 대외적으로 발표한 적도 없고, 그저 핫라인으로 스페인 왕가와 이야기만 했을 뿐이기에 딱히 명예가 떨어지는 것도 없기에 이처럼 쉽게 포기했을지도 몰랐다.

하지만 그렇다고 이대로 쉽게 물러설 생각도 없었던 무하메드 국왕이었다.

그는 알리시아 공주가 방문한다는 일행의 명단을 보다가 재중과 연아를 보고는 재미있는 생각이 떠올랐다.

'월가의 괴물, 투자의 제왕이라는 빅 핸드와 혈연관계가 된다면, 오히려 스페인 왕가와 맺어지는 것보다 이득이 많겠군.'

스페인 왕족인 알리시아 공주와 네이크 왕자가 맺어진다면 도움이 되긴 할 것이다.

하지만 실리적인 이득이라기보다는 정통성이 더욱 굳건해지는 측면이었다.

반면 재중의 여동생인 연아와 네이크 왕자가 맺어진다면 정통성은 포기해야겠지만 대신 얻는 것이 무한대에 가까울 만큼 많아지는 것이다.

특히나 몇 년 후 개인 재산만 무하메드 국왕 본인과 맞먹을 만큼 엄청난 부자가 되는 것이 기정사실화되어 있는 재중이었다.

죽어도 싫다는 알리시아 공주와 억지로 결혼하는 것보다 연아와 결혼하는 것이 몇 배나 남는 장사일 수밖에 없었다.

꿩 대신 닭이 아니라, 꿩 대신 용이 바로 연아였다.

그리고 지금 이 자리에서 국왕이 대놓고 재중에게 연아를 결혼시키고 싶다고 말한 것은, 거절하기 힘든 조건이기 때문이기도 했다.

재중이 거절하면 알리시아 공주가 시집을 가야 했으니 말이다.

즉 지금 이 자리는 알리시아 공주가 약혼을 파기한다는 당초 목적은 애초에 존재하지 않았다.

대신 무하메드 국왕이 노린 것은 바로 재중의 여동생, 바로 연아였다.

사실 이것도 두바이 사정으로서는 어쩌면 당연한 선택일지도 몰랐다.

애초에 두바이는 석유 매장량이 많은 곳이 아니었으니 말이다.

석유 매장량이 적은 나라, 하지만 석유로 돈을 많이 벌었던 두바이 왕족과 부호들은 석유가 떨어진 다음에 이후의 일을 생각할 수밖에 없었다.

그래서 생각한 것이 바로 중동의 뉴욕이라는 별명이 붙을 만큼 화려하게 두바이를 발전시키는 것이다.

물류의 중심에 서고, 중동의 메카가 된다면 매장된 석유가 고갈되더라도 두바이는 오히려 석유보다 무역으로 벌어들이는 돈이 더 많을 테니 말이다.

한마디로 지금 두바이에 가장 필요한 조건을 가진 사람은 알리시아 공주가 아니라 바로 재중이나 마찬가지였다.

그리고 알리시아 공주는 오히려 무하메드 국왕에게 재중을 소개시켜 준 꼴이 된 것이다.

가장 거절하기 힘든 자리에서 애매한 상태로 말이다.

Chapter 10
기 싸움

재중귀환록

'노련하군.'

재중이 무하메드 국왕을 보고 내린 판단은 간단했다.

노련하면서도 욕심을 위해서는 냉정해지는 사람.

그것이 재중이 내린 판단이었다.

하지만 왕족이라면 뭐 어차피 당연했기에 재중은 대충 넘겨 버렸다.

'가격은 중요하지 않다. 마음에 들고 내가 가지고 싶다면, 그것은 바로 내 것이다.'

두바이 왕족의 생각은 일반적인 기준으로 판단을 내리기가 힘들 만큼 조금은 특이할 수밖에 없었다.

돈은 넘쳐나게 많았으니, 오직 조건은 자신의 마음에 드는 것이다.

세계에서 비싼 차를 가장 많이 소유한 곳도 바로 두바이였다.

가격보다 오로지 자신의 마음에 드는 것, 그것이 조건이다 보니 당연히 세계에서 가장 비싸고 좋은 것만 모인 것이다.

하지만 재중은 환하게 웃으면 대답했다.

"제가 거절합니다."

"……!"

"……!!"

재중의 황당한 거절에 오히려 알리시아 공주와 연아가 당황했으니, 지금 이곳의 분위기가 얼마나 살얼음판인지 설명이 필요 없을 것이다.

약혼 파기 때문에 왔는데 오히려 다른 여자를 달라고 하는 국왕이나, 그걸 면전에서 거절하는 재중이나 용호상박이었으니 말이다.

"후후후후훗… 역시 그래야지."

그런데 재중의 거절에 기분이 나쁜 듯 살짝 표정을 찡그린 네이크 왕자와 달리 무하메드 국왕은 오히려 기분 좋은 웃음을 흘리더니 재중을 칭찬하는 것이 아닌가?

마치 그럴 줄 알았다는 듯 말이다.

이미 무하메드 국왕도 재중이 얼마나 연아를 아끼는지는 정보부에서 파악한 자료를 통해 알고 있었다.

이미 재중이 거절할 것 역시 예상하고 있었던 바다.

그렇기에 웃는 것이다.

그리고 연아에게 시선을 돌린 국왕이 영어로 연아에게 물었다.

"내 아들이 마음에 들지 않는가?"

라고 말이다.

"넷? 그… 그… 그것이… 잘……."

연아는 자신에게 직접 물어보는 무하메드 국왕의 모습에 순간 당황해서 말을 더듬더니 횡설수설하기 시작했다.

그런데 그때 재중이 슬쩍 연아의 손을 잡아주었다.

'어? 왜 갑자기 안심이 되지?'

이상하게 재중이 손만 잡았을 뿐인데 마음이 평안해지면서 긴장으로 굳어 있던 몸이 녹아내리는 것이다.

물론 재중이 자신의 마나로 연아의 긴장을 풀어줬다는 것은 알 리가 없었다.

연아는 그저 재중이 손을 잡아주자 오빠가 곁에 있다는 것이 안심이 되어서 그런 것으로 생각했을 뿐이었다.

"잘 모르겠습니다."

그런데 마음이 안정된 연아가 조금 애매한 대답을 했다.

"음… 잘 모르겠다라……. 후후후후훗… 뭐, 처음은 그런 거지."

무하메드 국왕은 도대체 무슨 생각을 하고 있는 건지 도무지 종잡을 수가 없는 반응을 보였지만, 단 하나만은 확실했다.

지금 연아의 대답이 결코 국왕의 생각에 나쁘지 않았다는 것을 말이다.

왕족에게 남매가 두 번이나 거절을 했는데, 기분 좋은 미소를 아직까지 그리고 있는 것이 증거였다.

왕족은 자신의 기분에 가장 솔직한 사람들이다.

왜냐하면 왕족의 위치에서 살아온 삶은, 누구의 비위 맞출 일이 없으니 말이다.

물론 대외적으로 보여지는 모습을 신경 쓰기도 해야 되지만, 두바이 왕족은 그런 대외적인 눈치를 볼 필요가 없었다.

석유로 돈이 썩어나는데 뭐 하러 눈치를 본단 말인가?

지구의 경제 시스템은 돈이 중심이다.

그리고 돈이 많은 자가 왕이고 귀족이었다.

무엇보다 많은 돈은 모든 것을 가능하게 만드는 마력이
있었다.

그렇기에 자기감정에 솔직한 것이다.

네이크 왕자만 봐도 재중이 거절하자 기분 나쁘다는 표
정을 숨기지 않았으니 말이다.

그런데 연아가 한 애매한 대답에 이번에는 무하메드 국
왕보다 네이크 왕자가 눈빛이 반짝이더니 연아를 보는 표
정이 살짝 변하기 시작했다.

연아가 네이크 왕자의 자존심을 살짝 건드린 것이다.

정확하게는 지금까지 자신을 거절한 여자가 없다는 것이
그 이유였다.

자신이 누군지 알고도 저렇게 진심으로 대답한 여자는
처음 봤으니 말이다.

차라리 단칼에 거절했다면 네이크도 그냥 기분이 나쁘고
말았을 것이다.

하지만 잘 모르겠다는 말은, 정말 네이크가 봐도 연아의
진심이었다.

그리고 그게 네이크 왕자의 소유욕?

아니면 이 여자를 내 여자로 한번 만들어서 지금 한 말을
바꾸고 싶다는 정복욕?

아무튼 그런 묘한 자존심을 발동시켜 버린 듯했다.

씨익~

그리고 그런 네이크 왕자의 모습을 본 무하메드 국왕이 웃으면서 슬쩍 재중에게 말했다.

"어차피 결혼은 당사자들이 하는 것이니, 우리는 빠지는 게 어떤가?"

한마디로 네이크 왕자가 연아에게 대시를 해도 재중은 건드리지 말라는 경고였다.

그런데 재중은 오히려 바로 고개를 끄덕였다.

연아에게 자극이 된다면, 동기가 어떻든 간에 나쁘지 않다고 생각한 것이다.

물론 연아의 눈에서 눈물이 난다면 그 대가는 재중이 받을 테지만 말이다.

"그럼 난 이만 일어나겠네, 아직 업무가 남아서 말야."

그러고는 무하메드 국왕은 일어서더니 응접실을 나가 버렸다.

네이크 왕자를 남겨두고서 말이다.

"왕자님, 죄송합니다."

알리시아 공주는 무하메드 국왕이 나가자 네이크 왕자에게 다시 한 번 사과했다.

그러자 네이크 왕자는 웃으면서 대답했다.

"괜찮습니다. 어차피 정략결혼이 깨졌을 뿐이니까요."

한마디로 네이크 왕자도 되면 좋고, 안 돼도 그만이라는 것이다.

물론 오만한 네이크 왕자의 그 말에 신승주는 자신도 모르게 주먹을 움켜쥐었지만, 그것이 전부였다.

네이크 왕자에게 신승주는 그저 노래 잘 만드는 작곡가일 뿐이었다.

기본적으로 차원이 다른 삶을 살아가는 사람이었기에 수긍할 수밖에 없었다.

알리시아 공주와 결혼을 하게 되면 조금 달라질지도 모르지만 지금은 그저 작곡가일 뿐인 게 맞으니 말이다.

하지만 네이크 왕자는 연아에게 시선을 한동안 두다가, 재중을 쳐다보면서 물었다.

"혹시 사자를 아십니까?"

뜬금없는 사자 이야기에 재중은 고개를 끄덕였다.

TV에서도 흔하게 볼 수 있고, 동물원에 가도 사자는 가장 흔하게 있는 동물이었으니 말이다.

그런데 그런 재중의 대답에 네이크 왕자는 미소를 지었다.

그리고 가볍게 손을 올려 손뼉을 쳤다.

짝!!

그러자 응접실 문이 열리면서 조금 전 오다가 본 수사자가 들어오는 것이다.

물론 사육사의 손에 이끌려 목줄이 채워진 채로 말이다.

"심바라고 하죠, 제가 어릴 때부터 키운 녀석입니다."

네이크 왕자가 마치 자랑하듯 수사자 심바의 갈기를 손으로 어루만지면서 애정 표현을 하자, 커다란 사자가 애교를 부리기 시작했다.

마치 고양이처럼 말이다.

하지만 사자는 사자였다.

심바가 애교를 부린다고 몸을 들썩일 때마다, 사육사의 몸이 휘청거리는 것을 보면 말이다.

아무리 길들였다고 해도 사자 본연의 힘을 인간이 감당하는 것은 확실히 무리인 듯했다.

그런데 그렇게 심바를 쓰다듬던 네이크 왕자가 재중을 보더니 말했다.

"한번 만져 보시겠습니까?"

"⋯⋯!!"

네이크는 마치 자기 집 고양이가 예쁘니까 한번 만져 보라는 듯 가볍게 말했다.

하지만 네이크 왕자의 말을 들은 사육사는 급 놀라면서 뭐라고 말을 하려다가 네이크 왕자와 눈이 마주치자 급히 입을 다물어 버렸다.

아주 찰나의 순간이라 본 사람이 없는 줄 알겠지만, 재중에게는 그런 네이크 왕자와 사육사의 시선 교환이 슬로우 모션처럼 느리고 확실하게 보일 뿐이었다.

'훗… 기죽이기인가? 당돌한 왕자군.'

네이크 왕자는 아까부터 자신이 왕자이고 아버지가 국왕인데도 당당한 재중의 모습이 왠지 짜증 났었다.

물론 재중의 능력을 보면 대단한 사람이긴 했다.

그리고 연아와 결혼하면 재중과 손을 잡고 두바이를 더욱 대단한 곳으로 만들 수 있다는 것을 무하메드 국왕에게 들어서 알고는 있었다.

하지만 그건 그거고, 짜증 나는 것은 짜증 나는 것이다.

이미 태어날 때부터 가질 수 있는 것은 모두 가져온 네이크 왕자는 확실히 자기 기분대로 움직이는 단순한 면이 많은 편이었다.

지금 재중을 도발하는 것만 봐도 그렇듯이 말이다.

"오빠… 하지 마……."

연아는 사자를 만져야 한다는 것에 재중을 말렸다.

그리고 그건 연아뿐만이 아니었다.

사자는 아무리 길들였다고 해도 그건 그렇게 보일 뿐이었다.

거기다 고개를 돌린 채 굳어 있는 사육사의 불안한 눈빛도 연아를 비롯해 일행의 불안감을 키워주는 이유 중에 하나였다.

그런데 그런 사람들의 만류의 눈빛에도 불구하고 재중이 슬쩍 일어서더니 성큼성큼 심바의 곁으로 가는 것이 아닌가?

씨익~

네이크 왕자는 재중이 만용을 부린다고 생각하면서 입가에 미소를 지었다.

심바는 사육사와 네이크 왕자 자신, 그리고 무하메드 국왕을 제외한 사람이 만질 경우 무척 싫어해서 겁을 주듯 으르렁거렸다.

그리고 왕자는 그런 식으로 자신이 마음에 들지 않는 사람을 겁주거나 골려먹은 적이 제법 많았다.

그렇기에 이번에 재중도 지금까지와 같이 겁먹고 바닥에 나자빠지는 것을 구경할 생각에 벌써 기분이 좋아지기 시작했다.

우뚝.

그런데 재중이 심바 앞에 서서 가만히 내려다보자.

부르르…….

갑자기 심바가 온몸을 떨더니 뒷걸음질을 치기 시작했다.

"······?"

네이크 왕자는 아직까지 사자가 뒷걸음질을 치는 것을 본 적도, 들은 적도 없기에 황당하다는 표정으로 쳐다보았다.

하지만 역시나 심바는 뒷걸음질로 천천히 도망가고 있었다.

하지만 그런 뒷걸음질도 재중이 한마디 하자 마치 거짓말처럼 멈춰 버렸다.

"이리 와."

멈칫!

슬금··· 슬금······.

황당하게도 심바는 재중이 오라고 한마디 하자 마치 훈련받은 강아지처럼 재중을 향해 천천히 와서는 공손히 재중에 손에 자신을 머리를 가져다 대고는 흔들었다.

재중이 사자를 쓰다듬는 것이 아니라, 사자가 재중의 손에 스스로 가서 쓰다듬어 달라고 애교를 부리듯 말이다.

"이 녀석 왜 이래?"

네이크 왕자는 지금까지 자신에게도 보여준 적이 없는 심바의 애교에 황당해했다.

그리고 사육사를 보자.

"저··· 도 처음입니다, 왕자님."

사육사도 심바가 저렇게 누군가에게 절대적인 복종을 하는 것은 본 적이 없기에 황당한 표정을 짓기는 마찬가지였다.

사자는 밀림의 제왕이다.

당연히 먹이 사슬에 최고 꼭짓점에 있는 동물이었다.

아니, 동물이 아니라 괴물이라고 해야 할 것이다.

인간도 총이라는 무기가 없으면, 사실 먹이사슬에서 최하위나 마찬가지일 것이다.

태어나면서 가진 발톱, 그리고 이빨, 거기다 마주하는 순간 살기로 먹이를 경직시키는 본능까지, 사자는 정말 밀림의 제왕이라는 별명이 딱 맞았다.

그리고 사자는 절대로 길들인다고 해도 완전히 길들여지지 않는 동물이기도 했다.

수십 년 동안 사자를 돌봤다고 하는 사육사도, 절대로 사자 앞에서는 해서는 안 되는 행동 수칙이 있었으니 말이다.

그건 네이크 왕자도 마찬가지였다.

길들여지지만 완전히 길들여지지 않는 동물, 그리고 복종은 하지만 완전한 복종도 하지 않는 동물, 그것이 바로 사자인 것이다.

하지만 지금 그런 상식이 완전히 무너져 버린 현장을 보자니 황당한 사육사와 네이크 왕자였다.

살랑~ 살랑~

심바가 꼬리를 기분 좋게 흔들더니 급기야 바닥에 납작 엎드렸다.

그리고 심바가 발라당 뒤집어져서 배를 보이며 애교를 떠는 것을 본 순간.

뻐근~!!

네이크 왕자는 한순간 혈압이 올라 뒷목이 뻐근해짐을 느낄 수밖에 없었다.

아무리 길들여졌다고 해도, 생전 처음 본 재중 앞에서 배까지 보이면서 애교를 부리는 것은 명백한 항복, 그리고 복종의 표시였으니 말이다.

하지만 입장을 바꿔서 보면, 주인인 네이크 왕자가 보고 있는 상황에서도 저렇게 행동하는 이유는 의외로 간단했다.

심바가 봤을 때 자신의 주인인 네이크 왕자보다 재중이 더 윗줄의 서열이라는 것이다.

그리고 그걸 심바는 본능적으로 인정하고 복종했다는 것 뿐이었다.

하지만 그걸 지켜보는 네이크 왕자는 혈압이 오를 수밖에 없었다.

심바가 하루에 먹어치우는 고기와 그동안 정성을 생각하

면 느껴지는 것은 배신감뿐이었으니 말이다.

하지만 심바의 입장에서는 본능을 따른 것뿐이니 당연했다.

재중의 심연 깊은 곳에 웅크리고 있는 드래곤의 본성을 사자인 심바는 느꼈으니 말이다.

인간은 거의 퇴화되어 버린 육감, 하지만 사자인 심바는 육감에 민감했다.

그리고 그 육감이 명령한 것이다.

재중은 무섭다, 두렵다, 그리고 무조건 복종하라고 말이다.

특히나 재중과 눈이 마주치는 순간, 심바는 재중의 눈동자에서 용트림 치는 커다란 공포를 직접 느꼈으니 오죽했을까 싶다.

어쩌면 그래서 재중이 다가왔을 때 뒷걸음질을 치면서 공포에 떨었는도 몰랐다.

물론 오라는 명령에 다시 가긴 했지만 말이다.

드래곤의 힘을 감췄다고 해도 인간들에게서나 완벽하지 육감과 본능에 민감한 동물에게는 아직 살짝 미흡한 듯했다.

아무래도 본래 드래곤으로 태어난 존재가 아닌 재중이라 힘을 감추는 것에는 약간에 한계가 있는 것이다.

"…이런… 쓸모없는……!!"

네이크 왕자가 재중에게 완전 복종해 버린 심바에게서 거칠게 고개를 돌리면서 손짓을 했다.

그러자 오히려 심바가 먼저 사육사를 끌고 밖으로 나가 버렸다.

마치 기다렸다는 듯 말이다.

"그럼 좋은 시간 되시길."

그리고 네이크 왕자도 벌레 씹은 표정을 하고서는 인사를 하더니 횡하니 나가 버렸다.

손님인 알리시아 일행만 두고서 말이다.

"자존심이 센 왕자군요."

재중이 나직하게 한마디 하자.

끄덕… 끄덕… 끄덕…….

일행은 굳이 말은 하진 않았지만, 모두 동시에 조용히 고개를 끄덕일 수밖에 없었다.

재중에게 사자를 쓰다듬으라고 하는 것은 누가 봐도 골탕 먹이려는 행동이었으니 말이다.

다만, 연아의 표정이 그다지 좋지는 않아 보였다.

"왜 그러니?"

"응……? 혹시나… 오빠한테 해코지하면 어떡해? 한동안 여기에 머물면서 휴가를 보내야 하잖아."

연아는 방금 네이크 왕자의 모습이 이상하게 마음에 걸리는 것 같은 표정으로 말했다.

하지만 재중은 오히려 웃었다.

"걱정 마. 어차피 그도 인간일 뿐이니까."

재중은 나직하게 말했지만, 연아는 재중의 말을 듣고 오히려 고개를 갸웃거렸다.

인간일 뿐이라니?

이해가 잘 가지 않는 것도 있지만, 묘하게 재중의 말에서 낯선 느낌을 받기도 했다.

"밖으로 안내해 드리겠습니다."

왕자가 나가고 난 뒤에 곧 처음 안내를 했던 집사가 들어왔기에 더 이상 이야기를 잇지는 못했지만, 뭔가 찜찜함이 남는 만남이 되어버렸다.

무하메드 국왕에게도, 알리시아 공주에게도, 재중에게도 말이다.

Chapter 11
예정된 습격

재중귀환록

"당했어요……."

다시 버즈 알 아랍 호텔로 돌아온 알리시아 공주가 앉자 마자 한 말이 이것이었다.

물론 그 말을 들은 신승주도 고개를 자연스럽게 끄덕일 수밖에 없었다.

정말 기발하다고 생각할 수밖에 없을 만큼 무하메드 국 왕이 기막힌 신의 한 수를 둔 셈이었으니 말이다.

알리시아 공주와의 결혼을 억지로 추진하기보다는 네이 크 왕자와 연아의 결혼을 추진하는 것으로 재중에게 우선 언질을 띄워 버린 것이다.

재중이 어떻게 생각할지 모르지만, 왕가에서의 언질은 한마디로 재중만 승낙하면 그대로 결혼으로 추진될 만큼 무거웠다.

그리고 그걸 왕족인 알리시아 공주가 모를 리가 없으니 이처럼 표정이 그다지 좋지 않은 것이다.

사실 알리시아 공주가 재중과 무하메드 국왕을 소개팅 시켜준 꼴이 되어버렸으니 말이다.

과정이야 어찌 되었든 약혼 파기라는 목적은 달성했지만, 결코 깨끗하게 끝난 게 아닌 찝찝한 결과만 남아버렸다.

"재중 씨, 죄송합니다. 저희 때문에… 애꿎은……."

신승주는 자신들 때문이라고 생각하기에 재중에게 연신 사과했다.

하지만 재중은 그런 신승주를 향해 고개를 저었다.

"전 이미 거절했습니다. 그리고 무하메드 국왕은 그걸 받아들였구요. 그러니 두 분이 미안해할 이유는 없으니 신경 쓰지 마세요."

재중은 평소의 평온한 표정 그대로였다.

하지만 반대 입장인 신승주에게는 그게 신경 쓰지 말라고 말한다고 해봐야 쉽게 될 리가 있나? 당연히 신경이 더

쓰일 것이다.

사람 마음이라는 것이 누가 하지 말라고 해서 안 되는 것이 아니니 말이다.

재중도 그것을 알지만, 그래도 말은 해봐야 했기에 그렇게 말했을 뿐이었다.

그리고 이번 만남에서 가장 곤란한 것은 사실 재중이 아니다.

바로 재중의 옆에 있는 연아였다.

"그보다… 네이크 왕자… 쉽게 포기하진 않겠죠?"

신승주가 나직하게 재중에게 묻자, 재중도 고개를 끄덕였다.

프라이드가 높은 성격일수록, 자신이 당한 것을 오래도록 기억하는 편이다.

하지만 그건 왕족 특유의 성격이기에 재중은 그다지 걱정하진 않았다.

어차피 현재 국왕도 아니고, 거기다 황태자도 아닌 왕위 서열 2위에 있는 네이크 왕자다.

사실상 재중에게는 굳이 신경 쓸 만한 것이 없으니 말이다.

특히나 무하메드 국왕의 성격상 자식이 기분 나쁘다고 재중과 굳이 인상 찡그릴 일을 만들 인물은 아니었으니 말이다.

약혼 파기 이야기를 듣고 재중의 존재를 파악하자마자 즉석에서 연아와 네이크 왕자를 엮을 생각을 했던 머리를 지닌 국왕이다.

그런 그가 자식의 응석 때문에 재중과 얼굴 붉힌다는 것은 있을 수 없는 일이었다.

아니, 오히려 네이크 왕자를 단속하면 했지, 재중을 건드리진 않을 것이다.

"하지만… 오빠… 상대는 왕자야……."

물론 그건 재중의 판단일 뿐이고, 연아는 여전히 불안해하고 있었다.

하지만 재중은 그저 조용히 연아의 머리를 쓰다듬으면서 안심시켰다.

"괜찮아, 나를 건드리는 것은 두바이 왕족에게도 결코 좋은 일이 아니라는 것은 서로가 알고 있으니까 걱정하지 마라."

"오빠……."

괜히 걱정할까 봐 안심시킨다는 것을 알고 있지만, 연아는 그래도 불안감을 완전히 떨쳐 버리지는 못했다.

그런데 그런 연아에게 재중이 문득 엉뚱한 말을 꺼냈다.

"그런데 넌 어때?"

"뭘?"

"네이크 왕자와 결혼해서 두바이 왕족이 되는 것."

순간 재중의 말에 연아는 놀란 표정을 짓더니, 한 몇 초 생각하다가 고개를 저었다.

"별로… 그런 성격은 아무리 돈이 많다고 해도 내키지 않아."

수사자 심바를 이용해서 재중의 기를 죽이려고 했던 네이크 왕자의 행동을 본 마당이다.

아무리 그가 돈이 많다고 해도, 상식적으로 돈에 환장하지 않은 이상 그런 남자를 연아가 마음에 들어 할 이유가 없었으니 말이다.

특히나 연아에게 재중은 세상에 유일한 가족이다.

그런데 그런 가족에게 해를 끼치는 것은 무엇을 막론하고 절대로 용납할 수 없으니 당연한 선택이다.

재중은 본래 왕족의 거만함을 알기에 그냥 그러려니 했지만 연아가 마음에 들지 않는다면 재중도 마찬가지였다.

그래서 재중은 그런 연아의 결정에 미소를 지었다.

"연아 네가 그렇다면 그러도록 해. 연애와 결혼은 결국 네가 선택하는 것이 중요하니까. 하지만 네가 연애를 했으면 한다, 나는."

재중은 연아가 결혼을 했으면 하는 소망이 가득했다.

하지만 그걸 최종적으로 결정하는 것은 누가 뭐라 해도 당연히 연아의 몫이었다.

재중은 그저 옆에서 도와주고 지원해 줄 뿐, 연아의 결혼과 사랑 문제에 끼어들 생각은 전혀 없었던 것이다.

그래서일까?

일반적인 한국의 남매와는 조금 다른 오픈 마인드랄까?

연아는 알래스카에서 자랐기에 한국 문화가 익숙하지 않기에 재중의 배려를 당연하게 받아들이는 편이었다.

반면 재중은 혼자 크면서 자신의 가치관이 얼마나 중요한지 깨달았다.

가족이라도 결국 다른 인성을 가진 존재였으니 말이다.

남매라도 그 사람의 인생에 이래라저래라할 권리는 없다.

오히려 가족이라면 그건 더더욱 조심해야 되는 것이다.

그리고 재중은 그걸 누구보다 잘 알고 있기에 그토록 바라면서도 직접적으로 연아에게 결혼하라고 어필하지 않는 것이었다.

물론, 뒤에서 연아 모르게 사람까지 이용해 가면서 공작을 꾸미긴 하지만 아직까지 겉으로는 재중은 연아를 존중해 주고 있는 편이긴 했다.

"그보다 재중 씨."

"······?"

재중은 자신을 부르는 알리시아 공주의 목소리에 고개를 돌렸다.

"혹시 시간이 급하거나 그렇진 않나요?"

"······?"

"저기··· 저를 도와주시기로 한 거요."

처음에는 영문을 몰랐던 재중도 뒤늦게 알아채고는 싱긋 웃었다.

"아니요. 어차피 지금은 휴가 온 거고, 오늘부터 한 달 정도 이곳 두바이에 머물면서 쉴 생각이니까 시간은 많다고 해야겠죠."

"그래요? 그럼 다행이네요."

알리시아가 재중의 말에 안심하자 재중이 되물었다.

"왜 그러는 거죠?"

"그게··· 사실··· 저희도 조금 쉬다가 왕실로 돌아갈 생각이라서요."

한마디로 약혼 파기가 생각보다 너무 쉽고 빠르게 결정이 되는 바람에 시간이 남으니 신승주와 데이트 겸 쉬다가 가고 싶다는 뜻이었다.

재중은 그런 알리시아의 마음을 눈치채고는 슬그머니 일어섰다.

"가시게요?"

괜히 재중이 돌아간다니 좋으면서도 아쉬운 듯 말하는 알리시아 공주다.

재중이 그녀에게 짓궂게 한마디 했다.

"커플과 솔로는 같이 있으면 안 되거든요. 후후훗… 그럼 이만."

"헛……."

"그럴 리가요… 재중 씨……."

알리시아 공주와 신승주는 재중의 장난 섞인 말에 당황하는 듯했지만 싫은 표정은 아니었다.

그리고 재중이 객실 문을 열고 나오자,

"감사합니다."

알리시아 공주의 경호를 책임지고 있는 사람이 재중에게 공손히 인사를 했다.

진심을 담아서 말이다.

확실히 스페인 왕가에서 알리시아는 서열도 낮고 힘도 약하지만, 그래도 최소한 곁에 두는 측근은 믿을 만한 것 같았다.

재중이 작게 웃으면서 손을 내밀자,

덥썩.

경호실장도 재중의 손을 맞잡고 악수를 했다.

물론 그 순간 재중의 나노 오리하르콘이 경호실장의 몸으로 침투했다.

재중이 굳이 경호실장에게 나노 오리하르콘을 집어넣은 이유는 간단했다.

보험이었다.

재중은 알리시아를 곁에서 보호할 수 있는 입장이 아니었기다.

그래서 가장 믿을 만한 경호실장의 몸에 나노 오리하르콘을 넣어서, 정말 급박한 상황에는 재중이 느낄 수 있게 최소한의 조치를 취한 것이다.

무엇보다 알프레도 6세의 쟁롯이 만들어낸 진흙 인형이 또다시 침투할지도 모르기에 꼭 해야만 하는 조치이기기도 했다.

지금 재중은 경호실장의 몸속에 나노 오리하르콘을 평소보다 조금 많이 넣었는데, 그 이유는 경호실장을 통해 알리시아 공주를 경호하는 사람들의 몸에 모두 퍼뜨리기 위함이다.

경호실장의 몸속에 넣어놓기만 하면 알아서 퍼뜨릴 테니 재중으로서는 편했다.

"편한 길 되시길."

경호실장이 재중의 뒷모습에 다시 인사를 했다.

하지만 재중은 가볍게 손을 흔들어줄 뿐이었다.

어차피 곧 알리시아가 스페인으로 떠날 때 재중도 함께 하기로 했기에 곧 다시 볼 사이었으니 말이다.

잠시 후, 알리시아 공주 측과 헤어진 재중이 버즈 알 아랍 호텔의 현관에 다다랐을 때였다.

끼이익~~

재중의 맥라렌 F1이 정확하게 재중이 현관을 나와 걸음을 멈추는 순간 재중 앞에 도착했다.

그리곤 호텔 직원이 운전석에서 내리더니 재중에게 공손히 인사를 하고는 뒤로 물러났다.

재중과 연아, 그리고 천서영이 맥라렌 F1에 올라탔다.

차가 버즈 알 아랍 호텔을 벗어나려는 때, 연아가 조용히 재중에게 말을 건넸다.

"오빠."

"응?"

"잠시만 저 호텔… 버즈 알 아랍이었나? 잠시 구경하다 가면 안 돼?"

바다 위에 지어진 7성급 호텔이라는 명칭답게 외관도 확실히 아름다웠다.

이제 볼일도 끝났으니 구경 좀 하고 싶다는 연아의 말에 재중이 살짝 핸들을 꺾어 버즈 알 아랍 호텔이 잘 보이는 곳에 멈췄다.

"하아~~ 이제 좀 살겠네."

기다렸다는 듯 연아가 맥라렌에서 내리더니 버즈 알 아랍이 한눈에 들어오는 전경을 구경하기 시작했다.

물론 조금 서서 지켜보다가, 곧 품에서 핸드폰을 꺼내서 사진을 찍긴 했다.

하지만 사진보다 눈으로 담아두고 싶은 마음이 큰지 많이 찍진 않았다.

"저기… 재중 씨."

"……?"

그리고 그렇게 연아가 버즈 알 아랍에 푹 빠져 있는 동안 재중의 곁에 있던 천서영이 나직이 불렀다.

"네이크 왕자, 이대로 곱게 물러나진 않을 거예요."

그동안 말하고 싶었는데 참다가 이제야 말하는 듯한 표정의 천서영이다.

진지한 눈동자를 한 천서영의 모습에 재중은 씨익 웃으면서 물었다.

"왜 그런 말을 하는 거죠?"

"그게… 소문이 사실이라면, 아마 조만간에 어떤 행동을 취할 거니까요."

"행동……?"

"네, 네이크 왕자는 야심도 강하고 여자들한테 인기도 좋지만, 그와 함께 네이크 왕자와 사귀다가 실종된 여인도 많기로 유명해요."

"실종?"

뜬금없는 천서영의 말에 재중이 관심을 보였다.

"제가 네이크 왕자가 현재 다니고 있는 학교에 아는 사람이 있기에 들은 적이 있거든요."

"학교가 어딘데요?"

"런던 경영 대학원이에요."

"……."

런던 경영 대학원이라면 재중도 테라에게 들은 적이 있었다.

한때 재중이 대학교 간다고 하자 외국의 학교를 추천할 때 명단에 있던 곳이었으니 말이다.

1836년에 칙허장에 의해 설립된 영국 최대의 대학교로 '슬로언 석사 과정'을 세계에서 세 번째로 도입한 학교로도 유명했다.

특이한 것은 바로 이 슬로언 석사 과정이었다.

슬로언 석사 과정은 유능한 경영자를 보다 효율적으로 양성하기 위하여 개발된 교육과정으로, 미국의 제너럴모터

스 회장이었던 알프레드 슬로언의 제안에 따라 1931년 MIT(매사추세츠공과대학)에서 처음 개설한 경영학 석사 과정이었다.

현재 세계에서 이 과정을 두고 있는 대학은 미국의 MIT와 스탠퍼드 대학교, 그리고 런던 경영 대학원뿐이다. 이 3개 대학원은 각각 독립된 대학원이지만 슬로언 석사 과정의 교육 내용은 공통되어 있기도 했기도 했다.

한국에서 경영학으로 MIT를 최고로 인정하는 것도 모두 이 슬로언 석사 과정 때문이라는 것을 고려한다면, 런던 경영 대학원도 대단한 명문인 것이다.

아니, 오히려 유럽에서는 MIT보다 더 쳐주는 곳도 있으니 말이다.

"좋은 곳이군요."

재중은 그냥 별 감흥 없이 말했지만, 천서영은 그게 문제가 아니라는 듯 굳은 눈동자로 다시 말했다.

"그냥 편하게 받아들일 문제가 아니에요."

그런데 재중은 오히려 답답해하는 천서영에게 조용히 말했다.

"이미 알고 있어요, 그 둘째 왕자가 이대로 조용히 넘어가진 않을 것을."

"네에?"

천서영은 알고 있었다는 재중의 말에 오히려 놀라는 표정을 지었다.

재중이 전혀 내색을 하지 않았기에 모르는 줄 알고 있었으니 말이다.

반면 재중은 뭘 그렇게 놀라냐는 표정일 뿐이었다.

"이상한가요?"

"아니… 그게 아니라, 알고 있다니… 혹시 소문 들으셨어요?"

천서영은 자신도 런던 경영 대학교에 지인이 다니고 있기에 들은 거였다.

사실 그렇게 널리 퍼진 소문은 아니었다.

그래서 재중이 알고 있다는 것이 이상하기보다 신기해서 물어보았다.

"소문은 굳이 듣지 않아도 되지 않나요?"

"어째서요……?"

도무지 재중의 말뜻을 이해하지 못하겠다는 듯한 천서영의 표정에 재중은 피식 웃으면서 조용하게 말했다.

연아는 듣지 못하고 천서영만 듣도록 말이다.

"왕족이란 원래 그런 존재니까요."

"…그게… 무슨……?"

뜬금없이 그런 존재라고 하니 천서영은 이해가 가지 않

는다는 듯 고개를 갸웃거렸다.

그러자 재중의 설명이 이어졌다.

"태어날 때부터 가진 것, 가질 것이 많은 사람이 자신의 욕심이 당연하다고 생각하는 건 당연하잖아요, 안 그래요? 데이빗 랜필드도 그랬고, 박태평도 그랬듯이 말이죠."

"그거야 그렇긴 한데… 뭐… 그렇기도 하죠."

재중이 콕 찍어서 박태평과 이제는 죽은 데이빗 랜필드를 언급하자 바로 이해가 된 천서영이었다.

애초에 태어나면서 자신의 말하는 것, 행동하는 것이 모두 정당화되는 삶을 살아온 사람은 그것이 거부되거나 실패하면 견디지 못하는 편이었다.

데이빗 랜필드가 그랬고, 박태평도 그랬으니 말이다.

아니, 천서영도 과거 암으로 아프기 전에는 그랬다고 말할 수 있었다.

그나마 천서영은 암으로 죽을 고비를 넘기면서 돈이고 뭐고 결국 자신의 삶에 중요한 것은 그런 물질적인 것이 아니라 자신의 행복이라는 것을 깨달았기에 이렇게 완전히 성격이 바뀐 것이니 말이다.

아니, 만약 천서영이 암으로 아프지 않았다면 어쩌면 박태평이나 데이빗 랜필드나 같은 삶을 살아가고 있을지도 몰랐다.

비록 성격이 바뀌어서 지금은 재중을 보면서 가슴앓이를 하고 있긴 하다.

하지만 오히려 지금 이 가슴앓이도 건강하게 살아 있기에 느낄 수 있는 감정이라고 담담하게 받아들이는 천서영이었다.

죽었다 깨어나서 성격이 바뀌는 사람이 많다는 말이 있지만, 천서영을 보면 확실히 그런 것 같긴 했다.

"하지만 아마 그 표적은 저 하나일 겁니다."

"어떻게 그렇게 자신하는 거죠?"

재중의 네이크 왕자가 표적으로 할 사람이 오직 자신이라는 말에 천서영이 고개를 갸웃했다.

어떻게 그렇게 자신하는지 모르니까 말이다.

반면 재중은 그런 천서영의 물음에 너무나 간단하게 대답했다

"너무나 자존심이 강하기 때문이죠."

"…어째서?"

너무 자존심이 강해서 표적이 재중 한 사람이라는 말은 도저히 천서영으로서는 이해하기가 힘들었다.

"정확하게는 제가 가장 첫 번째 목표라고 해야겠지만, 결국 저로 끝날 테니 뭐 그게 그거예요."

"……."

여자인 천서영은 재중이 하는 말을 도무지 이해할 수가 없었다.

남자의 자존심이 얼마나 단순하고 고집스러운지 알 길이 없으니 말이다.

남자란 동물은 자신의 자존심 때문에 목숨도 거는 그런 존재라는 것을 과연 천서영이 알 수 있을까?

아니, 모를 것이다.

대륙에 있을 당시에도 자신의 명예 때문에 죽을 것을 알면서도 칼에 목을 내미는 남자를 너무나 많이 봤던 재중이다.

그래서 네이크 왕자가 어떻게 행동할지 예상이 가능하기도 했다.

너무나 높은 프라이드로 인해, 가장 큰 상처를 준 재중을 먼저 처리하지 않는다면 스스로가 견디지 못하는 그런 성격.

그게 바로 재중이 파악한 네이크 왕자의 진정한 성격이었다.

그리고 그건 정확했다.

나중에 테라를 통해 안 사실이지만, 재중이 왕궁을 떠나고 난 뒤 네이크 왕자가 애지중지하던 수사자 심바가 죽었다.

정확하게는 네이크 왕자의 권총에 머리를 관통당해서 즉사했다.

자신의 프라이드를 무너뜨린 가장 큰 원인이 바로 수사자 심바였으니 죽여 버린 것이다.

어차피 자신의 소유물이고, 왕자인 자신이 사자 한 마리 죽였다고 해서 뭐라고 할 사람도 없다.

그러니 생명을 빼앗은 것에 그다지 고민도 없었다.

하지만 세상일이 꼭 재중의 뜻대로 흘러가라는 법은 없기도 했다.

—마스터!

'응?'

—전방 1킬로미터 밖에 두바이 군인들이 탄 군용 차량 3대가 이곳을 향해 오고 있어요.

테라가 갑자기 위험을 알리는 경고를 한 것이다.

'내가 목표인 거야?'

—주변에 인가도 없고, 가는 길에 군부대도 없어요. 그럼 마스터를 노렸을 가능성이 매우 높아요.

'빠르군… 생각보다 많이…….'

무하메드 국왕의 입김이 강한 두바이었기에 재중은 네이크 왕자도 눈치를 보면서 빨라도 며칠 뒤에나 자신을 노릴 것으로 생각했었다.

하지만 지금 테라의 경고를 보면 그건 잘못 판단한 셈이다.

불과 몇 시간 만에 이렇게 군대를 동원할 줄은 몰랐으니 말이다.

이라크의 후세인 같은 독재는 아니지만, 역시 돈이 많다는 것은 독재 아닌 독재를 가능하게 하는 듯했다.

"아무래도… 제가 실수했네요."

테라의 경고를 들은 재중은 천서영에게 간단하게 한마디하고는 차 안에 연아와 천서영을 강제로 태워 버렸다.

물론 운전석에는 천서영을 앉혔지만 말이다.

"재중 씨? 무슨 일이에요?"

"오빠, 왜 그래?"

구경 잘하고 있던 연아는 아닌 밤중에 홍두깨도 아니고 갑자기 차 안에 강제로 태워지자 놀라서 물어보았다.

"아무래도 왕자가 화가 단단히 났나 봐, 우선 이대로 차를 몰고 팜주메이라에 있는 제 빌라로 가세요."

"네?"

"그게 무슨 말이야, 오빠?"

재중의 말에 연아가 직감적으로 뭔가 느꼈는지 큰소리치면서 물었지만 재중은 싱긋 웃으면서 말했다.

"안전을 위해서야. 그러니까……."

─마스터, 길이 막혔어요. 이미 작은 마스터와 천서영이

벗어나기에는 늦은 것 같아요.

'벌써? 젠장……. 역시 군대를 동원해서 그런지 반응이 굉장히 빠르네.'

이미 길의 양끝을 모두 봉쇄해 버린 것이다.

군대가 봉쇄했으니 별다른 절차도 필요 없이 빠르게 끝나 버렸고, 덕분에 천서영과 연아가 피신하기에는 살짝 늦어버렸다.

"늦었군……."

재중은 일단 차 시동을 끄긴 했지만 우선 둘 모두 차 안에 있도록 지시했다.

'테라.'

―네, 마스터.

'안에서 밖으로 나오지 못하도록 차에 마법을 걸고 방어를 해야겠다.'

재중은 이미 늦은 이상 굳이 피신시키기보다 차 안에 천서영과 연아를 두고는 마법으로 보호하도록 한 것이다.

―안에서 밖을 보지 못하도록 할까요?

상대는 군인들이었다.

당연히 재중의 숨겨진 능력이 모두 드러나진 않겠지만, 연아에게 조금은 충격적인 모습이 될 수도 있기에 테라가 슬쩍 한마디 했다.

하지만 재중은 잠시 생각하더니 고개를 저었다.

'안에서 밖을 보지 못하면 연아의 불안감이 심해질 거야. 그건 오히려 나중을 봤을 때 좋은 행동이 아니야. 그냥 둬라.'

마법으로 방어만 하고 차 안에서 밖으로 나오지 못하도록 조치만 할 뿐, 보는 것은 상관없도록 한 것이다.

—네, 마스터. 하지만… 괜찮으실까요? 작은 마스터께서 충격을 받으실 텐데.

연아가 아는 재중은 평범한 재중이었다.

만약 군인을 상대로 본래의 실력을 조금 드러낸 재중을 본다면 이질감을 느낄 수도 있었다.

그렇기에 테라는 걱정스러운 듯 한마디 하지 않을 수 없었다.

'어차피 시간이 지나면 자연스럽게 말할 계획이었다. 물론 이런 식은 아니었지만, 우선 기공술을 사용하는 것처럼 얼버무리면 되겠지.'

—네, 마스터.

부르르릉!!

재중이 대충 결정을 내리자마자 기다렸다는 듯 멀리서 군용 트럭이 빠르게 다가오는 것이 보였다.

순식간에 다가온 군용 트럭은 역시나 테라의 예상대로

재중이 서 있는 맥라렌 F1에 오더니 에워싸듯 멈춰 섰다.

타타타타타탁!!

철컥, 철컥, 철컥, 철컥~!!

그러고는 군인들이 일사불란하게 트럭 뒤에서 내리더니 재중을 향해 총구를 겨눴다.

이어 대장으로 보이는 콧수염을 기른 남자가 거만한 걸음을 걸어서 재중에게 다가왔다.

"미스터 선우재중, 그대를 왕가 모독죄로 체포하겠다."

왕가 모독죄라는 말에 재중은 어이가 없어서 웃어버렸다.

중세시대도 아니고 왕가 모독죄라니 기가 찬 것이다.

거기다 군인을 동원해 협박해서 체포하는 것은 북한도 아니고 참 황당하기도 했고 말이다.

반면 차 안에 있는 연아는 군인들이 총을 겨누는 것에 너무 놀라서 머리가 하얗게 변한 상태였다.

천서영도 설마 네이크 왕자가 이 정도로 움직일 거라고는 예상하지 못했는지 놀라서 당황했고 말이다.

반면 재중은 평온한 얼굴이었다.

이 군대의 정체를 이미 테라를 통해 알고 있으니 무서워할 이유가 없는 것이다.

Chapter 12
기다림에 대한 시험

재중귀환록

"두바이 군대는 용병도 사법권을 가지는 나라인가?"

흠칫!

"……!!"

한순간 재중의 말에 대장으로 보이는 콧수염이 몸을 움찔 했다.

하지만 그는 이내 오히려 입가에 미소를 지었다.

"이거… 우리를 알아보다니… 평범한 녀석이라고 생각할 수 없는 걸?"

완벽한 두바이 군대 행세를 하고 있는 그들을 한 번에 알

아봤다는 것은 결코 쉬운 것이 아니었다.

그리고 재중의 말 그대로였다.

두바이에서 용병은 말 그대로 돈을 받고 대신 싸워주는 전투 집단일 뿐이었다.

한마디로 사설 군대라는 것이다.

그런데 그런 사설 군대에 사법권이 있을 리가 없었다.

애초에 지금 재중을 잡으러 온 것도 모두 네이크 왕자의 사주를 받은 용병 대장이 움직인 것이니 말이다.

하지만 용병들은 이미 이런 일이 매우 익숙한 듯, 옷차림과 행동이 두바이의 실제 군인이라고 해도 믿을 만큼 너무나 감쪽같았다.

그래서 지금까지 그 누구도 알아본 적이 없는데, 재중이 처음으로 자신들을 알아보았다.

그 때문에 용병대장이 흥미롭다는 듯 미소를 지은 것이다.

물론 지금 상황에 자신들을 알아도 소용없다는 자신감도 포함해서 말이다.

─마스터, 작은 마스터의 심박수가 너무 빠르게 올라가고 있어요, 이대로면 곧… 실신할 가능성이 높아요.

'그래… 아무래도 총부리가 겨누고 있으니… 역시…….'

재중은 총부리가 겨눠지는 공포가 생각 이상으로 크다는

것을 생각하지 못했다.

연아는 미국에서 자랐다.

당연히 총기에 익숙하고, 총이 주는 공포가 어떤 것인지 너무나 잘 아는 것이다.

한국 사람들에게 총을 들이대면 오히려 호기심을 보인다.

하지만 미국 사람에게 장난감 총이라도 진짜 총과 비슷한 것을 들이대면 오줌을 싼다는 말이 있다.

그만큼 미국에서 총이란 친숙한 만큼 너무 잘 알기에 공포도 클 수밖에 없었다.

'재워라.'

―네, 마스터.

자신의 판단 미스였다.

연아에게 총은 세상 그 어떤 것보다 공포스러운 물건이라는 것을 미처 생각하지 못했던 재중의 실수였다.

재중이 어쩔 수 없이 테라에게 명령하자,

털썩.

차 안에 있던 연아가 그대로 기절하듯 잠들어 버렸다.

극도의 긴장감 때문에 마법이 혹시라도 실패할까 봐 테라가 조금 강하게 슬립 마법을 써서 그런지 즉시 효과가 나 버린 것이다.

반면 천서영은 지금 재중과 앞에 벌어진 상황에 너무 집중한 나머지 뒤에 연아가 쓰러지듯 잠들었다는 것도 전혀 모르고 있었다.

그리고 어째서인지 재중은 천서영을 재우지 않고 그냥 두고 있었다.

마치 반응을 지켜보겠다는 듯이.

*　　*　　*

"몇 명이나 죽였지?"

"응? 뭐라고 했나?"

재중이 나직하게 용병대장에게 묻자, 용병대장은 지금 자신이 잘못 들었나 싶어 되물었다.

"몇 명이나 이런 식으로 네이크 왕자 뒤처리를 했는지 궁금해서 말야."

"응? 후후후훗… 그걸 알아서 뭐하게? 어차피 곧 사라질 녀석이."

이미 수십 명의 부하의 총이 재중을 겨냥하고 있기에 용병대장은 자신만만했다.

톡톡톡.

대검으로 재중의 뺨까지 툭툭 치면서 협박하고 있으니

말이다.

그런데 그렇게 하는데도 어찌 된 일인지 재중의 표정은 평온하기만 했다.

"네놈 뭐지?"

용병대장은 뭔가 이상하다는 것을 느끼기 시작했다.

보통 이 정도 포위당하고, 대검이 자신의 뺨에 닿으면 공포가 극한에 도달해서 울부짖으면서 살려달라고 하거나, 아니면 몸을 떨면서 억지로 강한 척을 하게 마련이었다.

그건 지금까지 뒤처리할 때면 늘 같았고, 예전에 전쟁터라고 해서 다를 것이 없었다.

하지만 지금 용병대장이 보고 있는 재중의 표정은 너무나 평온하기만 했다.

세상 무엇도 자신을 해칠 수 없다는 자신감이 가득한 표정이었다.

"짜증 나는군……."

그리고 그런 재중의 표정은 용병대장의 심기를 건드리기 시작했다.

스윽~

얼굴을 찌푸린 용병대장이 돌연 재중의 뺨을 건드리던 대검을 자신의 품에 다시 집어넣더니,

휙!!

돌연 몸을 틀어 재중의 복부를 향해 주먹을 휘두르는 것이 아닌가?

팍!

그런데 어찌 된 일인지 용병대장이 내지른 주먹이 재중의 복부에 거의 닿기 직전, 재중의 손에 허무하게 잡혀 버렸다.

"네놈… 실력을 숨기고 있구나."

용병대장은 자신이 왜 짜증 났는지 그제야 알았다.

수십 명의 군인에게 둘러싸여 있어도 자신은 살아날 수 있다는 눈빛을 가진 녀석, 그런 녀석들은 대개 보통이 아니었으니 말이다.

그리고 꼭 그런 녀석들은 숨겨둔 한 수가 있었다.

하지만 용병대장의 말을 들은 재중은 살며시 웃으면서 대답했다.

"내가 실력을 드러내면… 다 죽어."

그러고는 갑자기 용병대장의 눈앞에서 재중이 흐릿해졌다.

으드드득!!

순간 뼈가 어긋나는 요란한 소리가 용병대장의 귓가에 울리더니 그의 눈에 비치는 세상이 갑자기 뒤집혀 보였다.

'뭐지? 왜 버즈 알 아랍이 뒤집어져 있지?'

평소에 자주 보던 버즈 알 아랍이 뒤집어져 보이자 뭔가 이상하다는 것을 느낀 용병대장이 손을 뻗으려 했다.

'뭐야……? 왜 내 손이 위에 있어?'

이번에는 자신이 뻗은 손이 머리 위에 나타난 것이다.

털썩…….

퍽…….

그리고 조용히 자신이 어떻게 죽은 건지도 모른 채로, 용병대장은 쓰러져 버렸다.

얼굴의 아래턱을 하늘로 향한 채로 말이다.

콰직!

하지만 용병대장의 죽음은 시작에 불과했다.

갑자기 허공에서 시커먼 창이 튀어나오더니 용병 5명을 뚫고는 허공에 집어 던져 버렸으니 말이다.

그게 끝이 아니었다.

허공에 얼음 결정이 만들어지더니 곧 창 같은 모양으로 변했다.

크윽!!

콰직!!

정확하게 허공에 나타난 얼음 창은 순식간에 군인들의 심장을 뚫어버렸다.

그러고는 저절로 녹아서 공기 중에 흩어지듯 사라졌다.

무엇으로 죽었는지 확인하는 것조차 불가능하게 된 것이다.

허공에 검은 창이 튀어나올 때마다 서너 명이 몸을 뚫려 죽어버리고, 허공에서 얼음 창이 나타날 때마다 심장이 뚫려 죽어버리니, 이건 한마디로 학살이나 마찬가지였다.

그리고 그런 학살이 불과 재중이 용병대장 앞에서 사라지고 난 뒤 5초 만에 끝났다는 것을 과연 누가 믿을까?

지금 차 안에서 재중이 만든 잔혹한 참상을 모두 지켜본 천서영도 믿기 힘들었는데 말이다.

흑기병과 테라가 모습을 보이진 않았다.

그저 허공에 창만 튀어나왔을 뿐이니 말이다.

테라는 아예 재중의 그림자 속에서 마법만 썼다.

그래서 그런지 천서영의 눈에는 재중이 쳐다보기만 했는데도 허공에 얼음 창이 생기는 것처럼 보였다.

그런데 재중은 왜 연아는 재웠으면서 천서영은 그대로 뒀을까?

아직은 그 이유는 알지 못했지만, 일부러 그랬다는 것은 충분히 알 만한 상황이었다.

ㅡ마스터, 모두 처리할게요.

재중에게 보고한 테라는 즉각 재중의 그림자를 이용해 마치 나무가 뿌리를 뻗듯 그림자를 뻗어 쓰러진 시체 하나 하나를 모두 연결했다.

그리고 연결이 모두 끝나자, 죽은 시체를 조종하기 시작했다.

질질…….

저벅… 저벅.

움직임이 좀 부자연스럽긴 했지만 멀리서 보면 그냥 지친 군인들로 보일 정도였으니 충분했다.

그리고 그렇게 올라단 시체가 모두 올라타자 군용 트럭이 곧장 알아서 출발해 버렸다.

물론 어디로 가는지는 테라만 알고 있을 뿐이다.

어쨌든 대충 먼 곳에가서 그대로 바닷속으로 사라질 것은 뻔했다.

아마 바닷속에 빠지고 나서도 시체들은 한동안 계속 움직일 것이다.

아무도 찾지 못하는 곳을 향해서, 더 깊은 곳을 향해, 더욱더 깊은 곳을 향해 헤엄을 쳐야 했으니 말이다.

반면 재중의 황당하면서도 도무지 실감나지 않는 능력을 직접 목격한 천서영은 멍하니 차 안에서 재중의 등만 보고 있었다.

딸각.

천서영은 한참을 그러다가 문을 열고 차 밖으로 나왔다.

"바닷바람이 참 좋죠?"

재중은 마치 아무 일도 없었다는 듯 바다에서 불어오는 상쾌한 바람에 미소를 지으면서 천서영에게 한마디 했다.

"기공술은… 아니군요……. 재중 씨의… 힘은……."

기공술이 허공에서 얼음 창을 만들어 사람을 죽인다는 것은 들어본 적도 없었다.

그뿐만이 아니었다.

재중이 시선을 던지는 곳마다 검은 창이 튀어나와서 사람을 죽이는 것을 똑똑히 지켜본 천서영이다.

지금 그것이 기공술이라고 한다는 것은 말도 안 되는 상황인 것이다.

그런데 재중은 왜 본래 계획을 바꿔서 테라와 흑기병의 힘을 썼을까?

원래는 스스로 움직여서 최대한 힘을 보이지 않으려고 했는데 말이다.

물론 연아를 슬립 마법으로 재우긴 했지만, 천서영이 멀쩡하게 눈뜨고 지켜보고 있는 것을 재중이 몰랐을 리가 없었다.

"뭐, 그런 거죠."

재중은 별것 아닌 듯 말했지만, 그런 재중의 눈동자는 한없이 무겁기만 했다.

그리고 그런 재중의 눈동자를 마주한 천서영은 재중의 무거운 눈동자를 쳐다보는 것만으로도 자신의 모든 것이 무너지는 것을 느끼고 있는 중이었다.

"당신은… 누구죠?"

천서영이 재중에게 나직하게 한마디 했다.

"선우재중, 그 외에 답이 필요한가요?"

"…그럼 왜… 나에게 보여준 거죠? 이런… 잔인한 장면을… 지금까지 그 누구도 모르게 숨겼던 힘을… 왜 제게 보여준 거죠?"

천서영은 똑똑한 여자였다.

그리고 지금까지 전혀 보여주지 않았던 재중의 본모습을 그가 일부러 보여준 것이라고 확신했다.

여태까지 자신과 연아 모르게 숨겨왔으니, 지금도 충분히 숨길 수 있었을 것이다.

하지만 재중은 그러지 않았다.

그래서 확신한 천서영이 굳은 목소리로 물어보자,

스윽~

재중이 말없이 천서영에게 손을 내미는 것이다.

그리고 그녀에게 나직하게 물었다.

"이 손을 잡을 용기가 있나요?"

"……"

천서영은 분명히 봤다.

수십 명의 군인이 죽는 것을.

하지만 그것보다 가장 천서영에게 충격적인 것은 바로
재중이 용병대장의 앞에 서 있다가 갑자기 허공으로 뛰어
오르면서 용병대장의 머리를 비틀어 꺾어 버리는 장면이었
다.

마치 아크로바틱 묘기에 가까운 동작이었다.

결과가 그 무엇보다 잔인한 묘기 말이다.

그리고 그 장면이 지금 천서영으로 하여금 재중이 내민
손을 잡는 것을 주저하게 하는 이유가 되었다.

사람을 죽인 손.

피가 묻은 손.

생명을 빼앗는 손.

천서영의 눈에 재중의 손이 갑자기 붉은색으로 물들기
시작했다.

그리고 그 붉은색이 서서히 재중의 손에 모여들었다.

그렇게 모여든 붉은색은 순식간에 피가 되었고, 그 피가
순식간에 재중의 손안을 가득 채우고도 넘쳐 흘러내리는
장면이 보였다.

획!

천서영은 순간 피가 흐르는 장면에 자신도 모르게 고개

를 돌릴 수밖에 없었다.

너무 선명하고 생생했으니 말이다.

마치 코끝에 비릿한 혈향이 느껴지는 것 같기도 했다.

반면 재중은 천서영이 고개를 돌리자 천천히 다시 손을 내렸다.

그리고 조용하게 말했다.

"제 곁에 있으면, 수없이 많은 생명이 죽는 것을 지켜봐야 할 겁니다."

"……."

고개를 돌린 천서영은 대답하지는 않았지만 듣고는 있었다.

"당신은 그걸 지켜볼 자신이 있나요? 그리고 지켜보면서도 내 곁에 있을 자신이 있나요?"

"……."

끝까지 대답하지 못하는 천서영의 모습에 재중은 결국 씁쓸하게 미소를 지을 뿐이었다.

결국 실패한 것이다.

재중은 용병들을 처리하는 장면을 천서영에게 일부러 보여줬다.

그리고 일부러 좀 더 잔인하면서도 도저히 이해하기 힘든 마법과 흑기병의 능력을 사용한 것이기도 했고 말이다.

사실 재중도 슬슬 천서영과 관계를 정리해야 할 때가 왔다고 생각하던 중이었다.

예전부터 시험을 할 생각은 가지고 있었다.

다만 그 시기를 정하지 않았던 것이다.

그러다 문득 그냥 즉흥적으로 지금이라고 판단했다.

물론 당하는 천서영으로서는 이건 마른하늘에 날벼락 수준으로 놀랄 일이었을 것이다.

하지만 재중으로서는 이것이 최선이었다.

만약 천서영이 자신의 곁에 있는다면, 거짓이 없어야 했으니 말이다.

그래서 자신의 본성을 조금 보여준 것이다.

인간의 시선에서는 잔인할 만큼 무서운 본성을 보여주고, 그리고 선택은 천서영 그녀에게 맡기기로 했다.

거기다 재중이 손을 내밀었을 때, 테라의 환상 마법으로 재중의 손에 피가 흐르는 모습을 보여주기까지 했다.

ㅡ조금 너무한 거 아닐까요, 마스터?

사실 테라도 재중이 내민 손에 피가 흐르는 환상까지는 너무한 것이 아니냐고 말을 했다.

하지만 재중은 단호했다.

자신의 곁에 있기 위해서는 그 누구보다 자신을 믿어주는 사람이 필요했으니 말이다.

사랑? 뭐, 좋은 감정이다.

정? 그것도 좋은 감정이다.

사랑으로 시작해 정으로 살아간다는 말이 있듯, 인간의 감정에서 가장 무서운 것이 바로 사랑과 정이었으니 말이다.

하지만 사랑과 정에도 서로 양면의 얼굴이 있었다.

죽이고 싶을 만큼 미운 사랑, 그리고 영원히 보기 싫을 만큼 미운 정 말이다.

하지만 재중은 드래곤이었다.

사랑?

정?

어렴풋이 느끼긴 했지만, 그것이 재중 본인의 인생을 휘두를 만큼 강렬한 감정은 절대로 될 수가 없었다.

아니, 그런 감정에 휘둘리면 재중의 심장에 잠들어 있는 드래곤의 의식이 바로 튀어나올 테니 그럴 수가 없다는 것이 정확할 것이다.

그렇기 때문에 재중은 천서영을 시험할 수밖에 없었다.

'인간은 너무나 쉽게 변하는 동물이니까…….'

재중은 자신이 인간이라고 말하고 있지만, 변하고 있다는 것을 본인도 인정하고 있는 것이다.

자신이 인간이 아닌 드래곤이 되어가고 있다는 것을 말이다.

하지만, 혹시나 하는 생각에 천서영에게 아주 작은 희망을 걸었던 것도 사실이었다.

오로지 자신의 욕심을 위해서 말이다.

물론 결과는 지금 보다시피 천서영의 외면이지만, 재중은 담담하게 받아들이고 있었다.

결국 자신의 생각이 옳았다는 결론이었으니 말이다.

"천서영 씨."

움찔!

조용하던 재중이 나직이 천서영을 부르자, 천서영이 놀랐는지 어깨를 들썩이고는 천천히 고개를 돌렸다.

하지만 고개를 돌린 천서영의 눈동자에는 이전과 달리 두려움이 가득할 뿐이었다.

"원한다면, 공항까지 데려다줄게요."

"……."

재중이 나직하게 말하자, 천서영이 고개를 끄덕였다.

결국 두 사람은 이후로 단 한마디도 하지 않은 채 공항까지 왔다.

그리고 그렇게 천서영은 공항 안으로 들어가 버렸다.

Chapter 13
사랑이란

재중귀환록

—마스터…….

　테라도 혹시나 재중과 결혼한다면, 아마 천서영이 가장 유력할 것이라고 생각했었다.

　그렇기에 지금 천서영의 반응에 실망스럽기도 했다.

　또 한편으로는 재중의 극단적인 실험이 살짝 미워지기도 했다.

　—마스터, 꼭 그렇게 극단적으로 시험을 할 필요는 없었잖아요……. 나중에 같이 살면서 좀 더 정을 쌓은 뒤에 보여줘도… 그래도 되지 않았을까요?

테라는 재중의 행동이 결과적으로 최악의 상황이 되었기에 원망하듯 한마디 했다.

하지만 재중은 오히려 그런 테라의 말에 조용히 웃을 뿐이었다.

"그런 거짓된 관계, 결국… 서로에게 상처만 될 뿐이다."

─하지만…….

재중의 말이 맞긴 했다.

다만 그 행동이 너무 극단적이라는 것이 문제일 뿐이었지만 말이다.

"가자, 스페인으로 가기 전에 좀 쉬어야지, 그리고 SY미디어 식구들에게도 간만에 대표다운 짓도 해야 하고."

재중은 떠나버린 천서영의 모습을 기억에서 털어버렸다.

물론 겉으로만 말이다.

어차피 망각을 모르는 드래곤이기에 영원히 기억할 것이다.

그나마 다행인 것은 드래곤은 스스로 원하는 기억을 깊은 곳에 묻어두는 것이 가능했다.

만약 원하는 기억을 깊이 묻어두는 능력도 없었다면, 대륙의 드래곤은 미쳐서 스스로 대륙을 멸망시켰을지도 몰랐다.

그러다 문득 재중은 이런 생각이 들었다.

대륙의 드래고니안들이 미친 것이 과연 드래곤의 제어가 사라졌기 때문일까, 아니면 드래곤처럼 기억을 묻어두는 능력이 없기에 미쳐 버린 것이 아닐까, 하는 의문 말이다.

물론 이미 끝난 일이니 소용없는 생각일 뿐이지만, 그냥 문득 그런 생각이 든 재중이었다.

"돌아가자."

재중이 나직하게 말하면서 맥라렌을 세워둔 곳으로 걸었다.

그런데 재중이 걷는 방향과 조금 떨어진 곳에서 익숙한 발걸음이 들리기 시작했다.

멈칫.

그리고 재중이 걸음을 멈추자,

멈칫.

뒤에서 들리던 발소리도 멈췄다.

"…왜 가지 않은 건가요……?"

그리고 재중이 나직이 한숨이 섞인 말을 하면서 뒤를 돌아보았다.

"그게… 제 가슴이… 가지 말라고 말하고 있으니까요……."

비행기를 타고 떠났어야 했을 천서영이 서 있었다.

수많은 고민을 한 듯 그 잠깐 사이에 풀이 많이 죽어 있는 눈동자로 재중을 보면서 말이다.

"가슴이 시키는 건 잠깐일 겁니다."

재중은 다시 돌아온 천서영을 향해 냉정할 만큼 차갑게
말했다.

하지만 어찌 된 일인지 그런 재중의 말에도 천서영의 입
가에는 미소가 그려지기 시작했다.

"저… 바보였나 봐요…….."

천서영은 스스로가 지금 얼마나 멍청한 짓을 하고 있는
지 이성적으로 생각해 보면 충분히 알 수 있는데도, 머리가
아닌 가슴이 시키는 대로 자기 자신에게 말했다.

"그러네요. 바보군요, 당신은."

재중은 그대로 말해주었다.

그런데 그런 재중의 말을 들은 천서영은 어째서인지 입
가에 미소가 떠날 줄을 몰랐다.

그리고 그렇게 웃으면서 천천히 걸어 재중의 곁에 다가
왔다.

그리고는 재중과 똑바로 마주한 상태로 재중을 올려다보
면서 물었다.

"당신은 누군가요?"

조금 전에도 물었던 질문을 똑같이 한 천서영인데, 이
번에는 재중이 잠시 생각하는 듯하더니 다른 말을 하는

것이다.

"그대가 상상하지 못한… 그런 존재일 겁니다."

처음이었다.

재중이 자신의 질문에 진심으로 대답해 준 것이 말이다.

여자의 직감일까?

천서영도 느끼고 있었던 것이다.

그동안 재중이 누구냐고 물으면 선우재중이라고 대답하는 것이 거짓이었다는 것을 말이다.

하지만 방금 재중이 한 말은 진심이었다.

그녀의 직감이 그렇게 말하고 있으니 말이다.

"그래서 알고 싶어요. 당신이라는 사람을……."

그 한마디를 하고서 천서영은 재중의 품에 안겼다.

스윽…….

그리고 재중도 자신의 품에 안긴 천서영을 살며시 안았다.

이 정도면 자신의 곁에 있을 자격은 있었으니 말이다.

반면 천서영은 처음으로 재중이 자신을 안아줬다는 것도 있지만, 그것보다 드디어 재중이 자신을 마음 한곳에 들어가도록 허락해 주었다는 것이 한없이 기쁘기만 했다.

한결같이 한곳을 바라보았던 그동안의 가슴앓이가 지금 이 한 번의 손길로 모두 눈 녹듯 사라진 것만 봐도 지금 재

중의 이 손길이 얼마나 많은 의미를 담고 있는지는 설명할
필요가 없었으니 말이다.

*   *   *

"오빠, 언제 결혼할 거야? 애기는 몇이나 낳을 거야? 상
견례는 언제 할 거야?"

차를 출발하고 불과 1분도 지나지 않았지만, 연아는 뒤에
서 천서영을 향해 계속해서 조잘조잘 물어보고 있었다.

그때 재중이 갑자기 불쑥 끼어들었다.

"그렇게 궁금하니?"

"응! 당연하지 식구가 생기는 건데~"

연아는 재중의 말에 오히려 당연한 것을 물어본다는 듯
큰소리쳤다.

그러자 재중이 씨익 웃으면서 한마디 했다.

"너도 시집가. 그럼 알게 될 거야."

전혀 예상하지 못했던 재중의 말에 연아는 어이없다는
표정을 짓더니 한마디 했다.

"헐… 벌써… 서영이 편 드는 거야?"

"어… 언니… 그게 아니라……."

천서영은 재중의 말에 오히려 당황하면서 뭐라고 하려고

했지만, 연아가 오히려 조금 더 빨랐다.

"허얼!! 좋아 내가 노처녀 시누이가 얼마나 무서운지 보여주겠어~~ 아주 잔인하게 말야~~"

"......"

"......"

순간 재중과 천서영은 지금 연아의 저 말이 절대로 진심이라는 것을 느꼈다.

사실 재중은 천서영이 자신의 뒤에 나타났을 때, 테라가 슬쩍 잠들어 있던 연아를 마법으로 다시 깨웠다는 것을 알고 있었다.

테라 맘대로 말이다.

하지만 그걸 알면서도 재중이 천서영을 받아준 것은 그만큼 그녀의 마음이 진심이라는 것을 느꼈기 때문이었다.

진심으로 다가오는 사람에게 진심으로 대하는 것은 당연했다.

다만 연아가 저렇게 좋아할 줄은 재중도 사실 몰랐다.

가족이 늘어난다는 것, 그것이 연아에게 세상 그 무엇보다도 큰 기쁨인 것을 재중도 알고는 있었지만, 그걸 실행하기에는 재중에게도 많은 용기가 필요했었다.

뭐 결과적으로 재중의 용기를 이겨낸 천서영이 어떤 면에서는 참 대단하기도 했고 말이다.

한편 그런 행복한 커플이 탄생한 모습을 재중의 그림자에서 아주 흡족한 미소로 지켜보면서 축하해 주는 이가 있었다.

─후후훗… 마스터, 축하드려요~~ 아주 진심으로요, 호호호호호.

물론 진심으로 사심이 가득한 축하이긴 했지만, 축하는 축하인 셈이다.

Chapter 14
뒤처리

재중귀환록

―아~ 마스터.

'왜?'

―네이크 왕자는 어쩌실 거예요?

천서영 때문에 잠시 잊고 있던 네이크 왕자를 테라가 말했다.

재중은 잠시 생각해 봤지만, 역시나 결론은 정해져 있었다.

'녀석이 스스로 적이 되었으니, 그에 걸맞은 대우를 해줘야겠지.'

―음… 그럼 제가 처리할까요?

재중에게 적이란 잠재적인 적이든, 아니면 실질적으로 당장 처리해야 할 적이든 상관없었다.

　적은 무조건 처리하는 것, 그것이 재중의 방침이었기에 네이크 왕자의 처리는 이미 정해져 있는 셈이었다.

　'좋은 방법은?'

　재중은 지금부터 스페인으로 가기 전까지 SY미디어 직원들과 시간을 보낼 계획이기에 몸을 빼는 것이 쉽지 않은 상태였다.

　거기다 천서영의 존재가 벌써부터 재중의 행동에 제약을 주기도 했고 말이다.

　─괜찮은 방법이 있는데요, 마스터.

　'어떤?'

　─그 네이크 라는 녀석이 마약을 가끔 하더라구요.

　'마약?'

　─네, 사실 돈으로 구하지 못하는 것이 없고, 하지 못할 것이 없는 녀석이 마약을 한다는 건 어쩌면 당연해요, 마스터. 다만 적당히 절제를 하는 게 좀 의외이긴 하지만요.

　보통 마약은 세상의 시름을 벗어나기 위해서, 힘든 고통에서 벗어나기 위해서 손을 대는 경우가 대부분이었다.

　즉, 세상에 힘든 것, 부족한 것이 없는 네이크 왕자가 마약을 할 이유가 전혀 없었던 것이다.

하지만 그건 일반적인 생각일 뿐이었다.

인간이 가진 본능적인 호기심, 그리고 오히려 가진 것이 많기에 마약에 손을 대기 쉽다는 것을 간과해서는 안 되었으니 말이다.

'그럼 마약을 과다 투여한 것으로 할 생각이구나?'

─노노노~ 그건 너무 식상하잖아요, 마스터. 그건 재미가 없어요. 그리고 너무 편안한 죽음이구요, 후후후훗.

일반적으로 마약으로 죽는 것은 마약을 일정량 이상 투여해서 용량 과다로 죽는 것이 대부분이었다.

그래서 재중도 그렇게 말한 건데 테라는 그것은 오히려 재미가 없다면서 아니라고 했다.

'그럼? 어떻게 처리할 셈이지?'

─후후훗, 마약을 주사한 표범에게 물려 죽는 것, 어때요? 재미있지 않을까요?

씨익~

재중은 테라의 말을 듣고는 속으로 환하게 미소를 지었다.

어떤 의미로 동물을 쉽게 본 자에게 내린 하늘의 천벌이라고 생각될 수도 있는 방법이다.

그리고 무엇보다 두바이 왕가에서만 가능한 처벌이었기에 재중도 만족한 웃음을 지은 것이다.

'그렇게 해.'

―네, 마스터~ 잠시 저는 갔다올게요. 깡통아~~ 나 없는 동안 마스터와 작은 마스터, 그리고 천서영을 잘 지켜라~

벌써부터 천서영을 재중의 보호 테두리 안에 넣어두는 테라의 모습에 재중은 피식 웃어버렸다.

결과적으로 테라의 계획대로 되어버렸으니 말이다.

그토록 재중이 여자를 받아들이는 것을 원했던 테라가 결국에는 성공한 것이다.

그리고 그런 테라의 속셈이 바로 자신이 재중의 곁에 파고들기 위한 전초전이라는 것도 재중은 이미 알고 있었다.

하지만 과연 마지막까지 테라의 생각대로 재중이 따라줄지는 사실 그 누구도 알지 못하는 것이기도 했다.

재중 본인도 모르고 있는데 그 누가 알겠는가?

시간이 흘러봐야 아는 것이다.

*　　　*　　　*

―후후훗… 슬슬 시작해 볼까?

재중의 곁에서 떨어져 나온 테라는 그 즉시 네이크 왕자에게로 날아갔다.

이미 그림자를 통해서 공간이동이 가능한 테라에게 네이크 왕자가 어디에 있든 그것은 아무런 의미가 없었으니 말이다.

그리고 네이크 왕자의 그림자에 들어가 테라는 주변에 사람이 있는지 없는지를 마나로 살펴본 뒤 곧바로 움직였다.

"엇? 뭐야… 갑자기 몸이 왜 이래?"

네이크 왕자는 자신이 보낸 용병들이 재중을 잡아놓고 보낼 연락을 기다리면서 느긋하게 담배를 피우고 있었다.

그런데 갑자기 자신의 몸이 굳어버리는 것을 느낀 것이다.

서서히 얼굴 밑으로 감각이 사라지기 시작했다.

"뭐야… 왜 이래, 내 몸이……!!"

갑자기 자신의 몸이 자기 의지대로 움직이지 않는 것은 엄청난 공포로 다가왔다.

그런데 그런 몸이 이번에는 제멋대로 움직이더니, 개인 금고로 다가가는 것이 아닌가?

띠띠띠… 띠리릭… 찌익… 잉!!

비밀번호를 거침없이 눌렀다.

그리고 지문 인식도 당연히 무사 통과였다.

마지막으로 안구인식장치까지 가볍게 통과하자, 네이크 왕자의 개인 금고가 그 문을 활짝 열었다.

금괴부터 시작해 보석이 가득, 채권도 있고 현금도 가득한 금고였다.

하지만 테라가 원하는 것은 그따위 물건이 아니었다.

네이크 왕자의 손을 조종해서 조금 뒤지자 곧 원하는 것이 잡혔다.

"이건… 약… 이걸 왜!! 몸이 왜 이걸 집은 거야!!"

네이크 왕자는 덜컥 겁이 나기 시작했다.

몸이 저절로 움직일 때만 해도 그냥 무슨 몸에 이상이 있는 것으로 생각하면서 공포심을 억눌렀다.

하지만 제멋대로 움직인 몸이 마약을 찾아서 주사기까지 꺼내자 상황이 심각하다는 것을 느낀 것이다.

그런데 마약을 주사기에 담은 네이크는 그걸 자신의 몸에 투여하지 않았다.

"왜!! 왜 이 녀석에게 놓는 거야!! 안 돼!! 이러면 안 돼!!"

네이크는 자신의 옆에 잠들어 있는 표범 바루의 목덜미에 마약을 놓는 자신의 손을 보자니 당장 잘라 버리고 싶은 심정이 굴뚝같았다.

하지만 그건 생각일 뿐이었다.

그렇게 생각하고 있는 동안 이미 마약은 표범 바루의 몸속으로 모두 들어가 버렸고, 빈 주사기만 손에 쥐고 있었으니 말이다.

크르릉… 크르릉…….

그리고 마약이 효과가 오는지 표범 바루의 울음소리가 이상하게 네이크 왕자의 귀에 들리기 시작했다.

벌떡!

풀린 눈동자, 그리고 입에 침을 흘리기 시작한 표범 바루의 모습은 흡사 광견병에 걸린 미친개를 보는 듯했다.

그리고 바루가 천천히 네이크 왕자에게 다가오기 시작했다.

크르릉… 크르릉…….

거의 네이크 왕자의 코앞까지 다가온 표범 바루가 사냥감을 노리는 야생의 표범이 경고음을 울리듯 낮게 으르릉거렸다.

그 울음소리를 들은 네이크 왕자는 직감적으로 느꼈다.

"죽… 죽는다…….."

사자와 표범을 키울 때 절대로 조심해야 될 주의 사항 중에 가장 위험한 상황이 바로 지금처럼 사냥 본능에 눈을 떠버린 상태로, 낮게 으르렁거리면서 천천히 다가오는 것이었다.

네이크 왕자는 직감할 수밖에 없었다.

이대로는 죽는다고 말이다.

"빌어먹을 몸… 왜 이래, 도대체!!"

하지만 손가락 하나 까딱할 수 없는 네이크 왕자에게는 그저 절망뿐인 상황이었다.

크르릉… 크릉…….

쩌억!!

그리고 낮게 울던 표범 바루가 커다란 입을 벌렸다.

덥썩.

그러고는 그대로 네이크 왕자의 목을 물어버렸다.

우드득!!

한순간에 네이크 왕자의 목뼈가 부러졌다.

그뿐만이 아니라 물면서 네이크 왕자의 피 맛을 본 표범의 눈동자에서 살기가 번뜩이더니 그대로 물고 흔들었다.

덜렁… 덜렁…….

한순간에 두바이 왕가의 둘째 왕자가 표범에 물린 고깃덩어리가 되어버린 것이다.

뒤에서 수십 명에 가까운 여자를 죽여온 네이크 왕자였지만 참 허무한 죽음이었다.

표범의 무는 힘은 강했다.

야생 맹수이니 그건 당연하다.

반면에 사람의 목뼈는 정말 약한 편이었다.

사람이 위에서 힘으로 한 번 강하게 누르기만 해도 부러지는 것이 바로 목뼈였으니 오죽하겠는가?

거기다 표범의 이빨이 목에 흐르는 경동맥까지 정확하게 뚫어버렸기에 애초에 바로 옆에 의료진이 대기하고 있다고 해도, 이건 희망이 없는 셈이었다.

털썩!

그런데 피 맛을 본 표범 바루가 갑자기 물고 있던 네이크 왕자의 목을 놓아버리더니 몸을 부르르 떨었다.

케르르륵… 케르르륵!!

그리고 피거품을 토하더니 그대로 쓰러져 죽어버렸다.

그렇게 네이크 왕자와 표범 바루가 죽어버리자, 그제야 네이크 왕자의 그림자에서 테라가 모습을 드러냈다.

그리고 죽은 표범의 곁에 가더니 이미 머리를 살며시 쓰다듬어 주었다.

—음… 너를 이용한 것은 미안하다. 하지만 네가 지금까지 먹은 고기는 모두 네이크라는 인간이 준 것이니 너에게도 책임은 있는 거란다.

그 말을 끝으로 테라는 천천히 한번 주변을 둘러보더니 바닥에 꺼지듯 사라져 버렸다.

그리고 몇 시간 뒤, 네이크 왕자를 찾던 집사는 싸늘한 시체가 되어 있는 왕자와 그의 곁에 죽어 있는 표범을 발견하고는 즉각 왕에게 알렸다.

하지만 대외적으로 두바이 왕궁은 네이크 왕자의 죽음을 입막음시켰다.

아니, 입막음시킬 수밖에 없었다.

왕자가 애완 표범에게 장난삼아 마약을 투여했다가 물려 죽었다는 것이 최종 결론이었으니 말이다.

물론 왕은 그 사실을 믿지 않았다.

하지만 네이크 왕자가 가지고 있던 주사기에서 나온 마약, 그리고 표범의 몸에서 검출된 마약이 같은 약이었다.

무엇보다 네이크 왕자가 주사기를 들고 표범 바루에게 다가가는 것이 우연히 창문 틈으로 찍힌 증거가 있기에 이건 믿지 않으려고 해도 믿을 수밖에 없는 상황인 것이다.

"함구하라."

결국 국왕은 왕자의 죽음을 입막음시키고는 몇 달 뒤 우연히 요트를 타고 나갔다가 전복해서 익사한 것으로 대충 조작해 버렸다.

*   *   *

"그러니까… 천서영 씨와 대표님이 사귀는 게 진짜라는 거예요?"

빌라로 돌아온 재중이 잠시 옷을 갈아입으러 들어간 사이에 연아 곁에 모여든 여직원들이 천서영과 재중의 사이에 대해서 물었다가 대박 뉴스를 건져 버렸다.

월가의 괴물 빅 핸드인 재중과 천산그룹의 손녀인 천서영이 사귄다는 것은 엄청난 뉴스거리였으니 말이다.

거기다 SY미디어에는 엄청나게 민감한 뉴스이기도 했다.

예전에 천산그룹에서 있었던 SY미디어다.

재중이 인수하면서 독립한 지금도 가장 많은 일거리를 주는 곳이 바로 천산그룹이었으니 말이다.

그런데 재중과 천서영이 사귄다면, 이건 SY미디어에 있어서는 최고의 복이었다.

로또 1등은 비교도 안 되는 그런 행운인 셈이다.

재중의 자본력과 천산그룹의 배경이 합쳐지면, 연예기획사로서 SY미디어는 단숨에 초대형 괴물 기획사로 탈바꿈할 수 있는 가능성이 매우 높았으니 말이다.

물론 이 소식을 마냥 기뻐할 수 없는 사람도 있긴 했다.

"사실이… 었구나…….."

베인티의 멤버인 아라는 조용히 뒤에서 서글픈 표정을 지을 뿐이었다.

그리고 그런 아라 옆에 지민이 조용히 어깨를 안아주고 있었다.

"잊어… 그냥, 어차피 가능성이 없는 거잖아…….."

"…알아… 하지만…….."

사랑을 시작해 보기도 전에 끝나 버린 아라의 마음을 위로해 주는 지민의 표정도 그다지 좋지는 않았다.

그때!

쾅!!

"내가 왔다용~~~"

갑자기 빌라문을 박차고 들어온 사람이 있었다.

당연히 갑작스런 등장에 모두의 시선이 현관을 향했는데, 그곳에는 밝게 웃으면서 몸매가 그대로 모두 드러난 옷을 입은 캐롤라인이 서 있었다.

"어쩐 일이에요?"

연아는 브라질에 있어야 할 캐롤라인이 이곳에 와 있다는 게 믿기지 않아 물었다.

"호호호호홋~! 바로 날아왔지, 근데… 분위기 왜 이래?"

어색해하는 천서영의 모습, 그리고 연아도 캐롤라인을 반가워하긴 하지만 마치 타이밍을 잘못 맞춰서 온 듯한 기류가 흘렀다

이 어색한 분위기를 이상하게 느낀 캐롤라인이 물었다.

"……."

"……."

하지만 이상하게 캐롤라인에게 대답해 주는 사람이 하나도 없이 다들 캐롤라인의 시선을 피하기에 급급한 것이다.

"왜 그러는 거죠, 다들? 내가 무슨 신혼집 첫날밤에 쳐들어온 시어머니도 아닌데?"

흠칫!

캐롤라인의 딱 맞춘 듯한 농담 섞인 비유에 모두의 동작

이 일순간 정지했다.

"…어라? 설마… 정말 내가 그런 거예요?"

모델 일과 사람 대하는 일을 오래 한 캐롤라인은 눈치만으로도 자신이 불청객이 된 이상한 분위기를 바로 읽어버렸다.

그리고 그런 분위기 속에서 갑작스럽게 SY미디어의 여직원 하나가 캐롤라인에게 물었다.

"저기, 저희 대표님하고 천서영 씨가 사귀는 사이라는데, 캐롤라인 씨도…알고 있는 거죠?"

"…그게 무슨 말이에요? 서영과 재중 씨가 사귄다니?"

캐롤라인은 처음 듣는 말에 고개를 갸웃거렸고, 순식간에 그 말을 한 여직원은 역적이 되어버렸다.

하지만 오히려 연아는 잘됐다는 듯 작은 한숨과 함께 입을 열었다.

"저기… 캘리… 오빠가 서영이랑 사귀기로 했어요, 조금 전에요."

"……!!"

잠시 이해하지 못하는 듯하던 캐롤라인의 눈동자가 급격하게 커졌다.

캐롤라인이 주변을 둘러보다 천서영에게 시선이 멈췄다.

그리고 천천히 물었다.

"저기 서영아… 정말이야?"

이미 사업 관련해서 서로 편하게 말을 놓기로 한 사이다.

캐롤라인이 이름을 부르면서 물어보자,

"그게… 그런 것 같아요…….."

천서영이 고개를 끄덕이는 것이다.

"…그래……? 그… 사람이 서영이를 받아들였단 말이지? 그래… 그런 거야?"

그런데 마치 금방이라도 무슨 일이 일어날 것처럼 혼자 중얼거리던 캐롤라인의 입가에 미소가 그려지기 시작했다.

"헐… 충격에… 정신이……?"

"그러게… 지금 웃을 때가 아닌데……."

캐롤라인의 뜬금없는 미소에 그녀가 너무 충격을 받아서 잠시 정신이 살짝 밖으로 나갔다고 생각한 직원들이었다.

이미 SY미디어에서도 캐롤라인과 천서영 그리고 재중의 삼각관계를 알 만한 사람은 다 알고 있었으니 말이다.

하지만 그런 직원들의 생각과 달리 캐롤라인은 지극히 정상적인 상태였다.

아니, 오히려 기분이 좋았다.

"호호호호호홋!!"

그러고는 갑자기 크게 웃음을 터뜨리더니 천서영을 보고는 외치는 것이다.

"그럼 나도 가능성이 있는 거네? 잘됐다~!"

오히려 천서영을 응원하면서 축하해 주기까지 했다.

사랑의 라이벌이 사귄다는데 오히려 축하해 주는 캐롤라인의 모습은 확실히 SY미디어 직원들이 보기에는 이상할 수밖에 없었다.

결국 직원들이 눈치껏 슬금슬금 하나둘씩 빠져나가기 시작하더니 순식간에 베인티의 아라와 지민, 그리고 연아와 천서영, 캐롤라인을 빼고는 다 사라져 버렸다.

하지만 그러거나 말거나 캐롤라인은 진심으로 천서영을 축하해 주고 있었다.

"어차피, 너 아니면 나 둘 중에 한 사람이 재중의 벽을 뚫을 거라고 예상했지만, 역시 서영이가 빠르네……. 하지만 뭐, 어차피 내가 뒤따라갈 테니까, 호호호홋."

캐롤라인은 오히려 천서영이 재중의 마음에 파고든 것이 만족스러운 것이다.

당연히 주변에서 보면 캐롤라인이 미쳤다고 할 수밖에 없는 반응이긴 했다.

하지만 그건 재중을 모르는 사람들이기에 그런 말을 할 수밖에 없는 것이다.

캐롤라인은 재중을 천서영 다음으로 가장 오래 지켜봤기에 기뻐할 수밖에 없었다.

세상에서 가장 어려운 남자가 누굴까?

캐롤라인에게 꼽으라고 한다면 서슴없이 말할 것이다.

여자에게 관심이 없는 남자라고 말이다.

세상에는 간혹 그런 사람이 있었다.

게이도 아니면서 여자에 관심이 없는 남자 말이다.

그렇다고 여자를 싫어하는 것도 아니었다.

싫어하지 않지만, 좋아하지도 않는 남자.

여자에게는 그런 남자만큼 골치 아프고 어려운 남자가 없을 것이다.

그런데 재중은 그런 남자 중에서도 최고였다.

진심으로 여자에 먼지만큼도 관심이 없었으니 말이다.

하지만 천서영이 그런 재중의 엄청난 방어막을 뚫어버린 것이다.

단순하게 생각하면 선수를 뺏겼으니 슬퍼해야 하지만, 캐롤라인은 반대로 생각했다.

마치 테라처럼 말이다.

천서영이 이미 한 번 재중의 마음에 들어갔으니, 자신도 들어갈 가능성이 매우 높아졌다는 식으로 해석해 버렸다.

어떻게 보면 참 엉뚱한 생각이기도 하지만, 한편으로는 캐롤라인답다는 생각이 드는 발상이기도 했다.

"저기… 제가 밉지 않아요?"

천서영도 오히려 기뻐하는 캐롤라인의 모습에 황당해서 물어보았다.

"잘했어~! 이제 내가 나머지 한쪽을 차지하면 되는 건데 무슨 걱정이야~"

오히려 자신이 재중의 나머지 반대쪽 옆에 설 수 있다는 자신감에 가득한 캐롤라인이었다.

"…오빠는… 여복이 많은 건지… 아닌 건지… 알 수가 없네…….."

연아도 캐롤라인을 보고는 여복이 많아서 좋아해야 하는 건지 아닌지 쉽게 판단이 서지 않는 것이다.

그리고 그런 캐롤라인 앞에 드디어 옷을 갈아입은 재중이 내려오고 있었다.

당연히 캐롤라인은 재중을 한눈에 찾았고, 외쳤다.

"나도 안아줘, 재중 씨~!!"

라고 말이다.

『재중 귀환록』 13권에 계속…

The Record of

Dragon's

Return

재중
귀환록

푸른 하늘 장편 소설
FUSION FANTASTIC STORY

『현중 귀환록』, 『바벨의 탑』의
푸른 하늘 신작!
이계를 평정한 위대한 영웅이 돌아왔다!

어느 날 갑자기 찾아온 부모님의 죽음.
그리고 여동생과의 생이별.
모든 것을 감당하기에 재중은 너무 어렸다.
삶에 지쳐 모든 것을 포기할 때, 이계에서 찾아온 유혹.

"여동생을 찾을 힘을 주겠어요.
…대신 나를 도와주세요."

자랑스러운 오빠가 되기 위해!
행복한 삶을 위해!

위대한 영웅의
평범한(?) 현대 적응이 시작된다!

Book Publishing CHUNGEORAM

유행이 아닌 자유추구 -
WWW. chungeoram.com

용마검전
FANTASY FRONTIER SPIRIT
김재한 판타지 장편 소설

「폭염의 용제」, 「성운을 먹는 자」의 작가 김재한!
또다시 새로운 신화를 완성하다!

『용마검전』

사악한 용마족의 왕 아테인을 쓰러뜨리고
용마전쟁을 끝낸 용사 아젤!

그러나 그 대가로 받은 것은 죽음에 이르는 저주,
아젤은 저주를 풀기 위해 기나긴 잠에 빠져든다.

그로부터 220년 후…….

긴 잠에서 깨어난 아젤이 본 것은
인간과 용마족이 더불어 살아가는 새로운 세상이었다.

Book Publishing CHUNGEORAM

유행이 아닌 자유추구 -
WWW.chungeoram.com

한량 아버지를 뒷바라지하며
호시탐탐 가출을 꿈꾸던 궁외수.

어린 시절 이어진 인연은
그를 세상 밖으로 이끄는데……

"내가 정혼녀 하나 못 지킬 것처럼 보여?"

글자조차 모르는 까막눈이지만,
하늘이 내린 재능과 악마의 심장은
전 무림이 그를 주목하게 한다.

"이 시간 이후 당신에겐 위협 따윈 없는 거요."

무림에 무서운 놈이 나타났다!

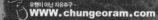